해피 엔딩 이후에도 우리는 산다

해피 엔딩 이후에도 우리는 산다

오늘도 정주행을 시작하는 당신에게

윤이나 지음

한겨레출판

차 례

이야기를 사랑한 한 작가의
장르 불명 인터랙티브
옴니버스 에세이

포털 사이트에서 드라마나 영화 소개 글을 찾아보는 일은 나의 길티 플레저 중에 하나다. 보통 로그라인이라고 부르는 한두 문장의 소개 글에 만든 이가 생각하는 작품의 핵심이 드러난다는 게 흥미롭다. 예를 들어 2020년 지상파 드라마 최대 히트작이었던 SBS 〈펜트하우스〉의 소개 글은 이렇다. "채워질 수 없는 일그러진 욕망으로 집값 1번지, 교육 1번지에서 벌이는 서스펜스 복수극! 자식을 지키기 위해 악녀가 될 수밖에 없었던 여자들의 연대와 복수를 그린 이야기!" 느낌표는 따로 추가한 것이 아니다. 이 드라마를 본 사람이라면, 그 어떤 설명보다 이 느낌표가 작품을 더 정확하게 설명하고 있다는 것을 알 수 있다. 한 주말 드라마는 장르를 '미스터리 스릴러 멜로 코믹 홈드라마'라고 정의하기도 했다. 아무리 퓨전 복합 장르가 유행이라지만 이렇게까지 다 넣어도 되는 걸까, 하는 염려는 작가의 이름을 보자 깨끗하게 사라진다. 쓰고 있는 이야기의 장르를 똑 부러지게 정의하기 어려울 때마다, 소위 '막장'이라는 새 장르의 창시자는 다섯 장르 정도는 가볍게 섞어버릴 수 있다는 것을 떠올린다.

로그라인 검색 취미에 '길티'가 붙는 이유는, 나 또한 한 줄의 로그라인으로 사람을 끌어당기든 휘어잡든 해야 하는 작가이기 때문이다. 기발한 로그라인을 볼 때마다 '나도 저렇게 쓸 수 있어야 하는데' 하며 부러움을 느끼다가도 '한 줄로 요약이 되는 이야기가 내가 쓰고 싶은 이야기인가?'라는 질문 사이에서 갈팡질팡하며 은은한 죄책감을 느끼고 만다.

시작하는 글이므로 이 책에도 로그라인을 만들어주고 싶었다. 로그라인을 쓰기 위해서는 우선 장르를 확실히 할 필요가 있다. 김봉석 평론가와 격주로 연재 중인 한국일보의 토요일 연재 코너 '정기구독'에 실렸던 글을 새롭게 구상하고, 여러 차례 퇴고하여 묶어낸 이

책은, 일단 에세이다. 넷플릭스, 왓챠, 웨이브 등 OTT 플랫폼에서 볼 수 있는 드라마, 영화, 다큐멘터리와 같은 영상 콘텐츠를 다루고 있지만, 작품 비평이라고 보기는 어렵다. 작품 안팎의 의미를 촘촘히 따라가고 있는 글도 있지만, 그 이야기만을 하기 위해 쓰지는 않았다는 의미다.

나는 대체로 이 작품이 나에게 얼마나 좋은 작품인지, 밥 먹고, 일하고, 잠자고, 운동하고, 사람들과 만나 이야기를 나누는 일상과 이 작품이 어떻게 연결되어 있는지에 관해 썼다. 신문 연재의 방향도 크게 다르지 않았지만, 책에 실린 글들은 더욱 그렇게 다시 쓰였다.

다시 쓰면서, 에세이를 쓰는 건 역시 어려운 일이라는 생각을 했다. 나의 이야기라서 그렇다. 우리가 학창 시절 수필이라고 배운 에세이의 사전적 정의는 '무형식의 산문'으로, 누구나, 거의 모든 소재를 가지고, 어떤 형식으로든 자유롭게 쓸 수 있는 문학의 한 갈래다. 바로 이 점 때문에 에세이는 쓰기도 읽기도 쉬운 글로 여겨지는 경향이 있는데, 바로 그 이유로 에세이는 쓰기 어렵다. 에세이 작가는 인터넷 서점의 독자평에 '그냥 일기'

라거나 '그래서 어쩌라고'라는 댓글이 달릴 것을 각오해야 한다. 당장 나만 해도 20대 시절의 아르바이트 이야기를 담은 첫 에세이집의 리뷰에서 '고부가가치 일을 하는 주제에 엄살이 심하다'라거나, '르포를 기대했는데 자기 이야기만 써놨다'라는 문장을 보며 마음을 다스려야 했다. 반박하고 싶긴 하다. 일단 글쓰기는 지금까지 내가 해온 모든 일을 통틀어 경제적으로는 가장 저부가가치의 일이라는 것을 알려주고 싶은데…… 슬퍼지니 여기까지만 하겠다. 결국 달라질 건 없기 때문이다. 에세이를 쓴다는 것은 어떤 형식으로든 자유롭게, 결국 나의 이야기를 쓴다는 의미이기 때문에 '자기 이야기만 써놨다'라는 말은 책을 정확히 본 것이라고 말해줄 수밖에 없다. 나는 오히려 이렇게 질문하고 싶다. 내가 나의 이야기를 썼기 때문에 당신이 읽게 된 것은 타인의 이야기인데, 에세이를 읽는 것과 픽션을 읽는 것은 어떤 점이 다르다고 생각하나요? 만들어진 세계가 아닌 주어진 세계에서, 내일 어떤 일이 벌어지는지 모르는 채로 오늘을 보내는 사람의 이야기에서 무엇을 기대하나요?

나는 내가 다른 모든 장르의 이야기에서 기대하는 것

을 에세이에서도 기대한다. 우리에게 어떤 미래가 찾아올지 알지 못하기 때문에 계속 살아가야 한다는 것을 알려주기를. 그 어떤 순간에도, 심지어 죽음이 찾아온다고 해도 우리는 전부를 살 수 없다는 것을. 매일이라는 일부가 모여야만 인생이라는 이야기의 엔딩을 볼 수 있다는 것이 픽션과 현실의 차이다. 그리고 그게 바로 '행복하게 살았습니다' 이후에도 우리가 계속 살아야 하는 이유라고 나는 생각한다. 픽션에서도 현실에서도, 그 어떤 이야기에서도 나는 해피 엔딩을 기대하지 않는다.

현실의 삶은 기승전결이 완벽하지도 않고, 구성이 훌륭하지도 않다. 울퉁불퉁한 구석이 많고, 도저히 매끈하게 다듬어지지 않는다. 결말이 어떨지는 그 누구도 알 수 없다. 심지어 인생 전체를 본다면 지금이 몇 회쯤인지, 시즌으로 나눌 수는 있는지도 모호하다. 삶에서 벌어지는 일이나 사건이 시작하고 끝나는 경계조차도 희미하다. 에세이는 그 세계를 사는 사람이 쓴 이야기다. 픽션은 그 세계를 사는 사람이 만든 이야기다. 나는 이 세계에서 살면서 2020년 늦여름부터 2022년을 시작하는 겨울까지 내 시간의 일부를 채워준 작품들을 통로로 나의 이야기를, 에세이로 썼다. 내가 고른 작품들에는 여성, 사회적 약자, 창작자가 중요한 인물로 등장한다. 나에게 그들의 이야기가 필요했기 때문이다.

정치하고 싸우고 연대하는 여자들, 울면서도 학생들을 지키는 보건교사, 세상을 멸망시키기로 한 이방인, 폭력을 경험한 후에도 이를 끝내 기록하는 작가, 비극적인 운명에서 부활해 끝나지 않는 노래가 된 작곡가, 한 번도 인기를 얻지 못한 채로 해체하는 코미디 팀, 마흔에 랩을 시작한 극작가, 겨울이 오면 튤립을 심는 노년의 여성, 아버지의 죽음을 연습하는 다큐멘터리 감독, 처음으로 스케이트보드를 타본 인도의 소녀, 진실을 이야기하는 이슬람 여성 펑크 밴드…… 이 모든 인물의 이야기에, 한 줄로 요약되지 않는 이야기를 좋아하는 여성 작가인 나의 이야기를 겹쳐둔다. 해피 엔딩 이후에도, 꽉 닫힌 것처럼 보이는 결말 이후에도, 내용으로 보자면 코미디도, 로맨스도, 스릴러도 아닌 장르 불명의 세계에서 우리는 산다. 나는 그 세계에서 이 책을 썼다.

그래서 이 책의 로그라인은 '마흔이 되어서도 이야기에서 인생을 배우고, 일흔이 되어도 그럴 생각이지만 일흔까지 살 수 있을지 알 수 없다는 게 재미있고, 그래도 혹시 모르니까 눈을 보살피며 살아가기로 한 작가가 라식 수술 후 시력이 가장 좋았던 1년 반 동안 보고 사랑한 작품들에 관해 쓴 장르 불명 인터랙티브 옴니버스 에세이'다. 어차피 요약할 수 없으므로 '이게 도대체 무슨 얘기야?'라는 궁금증을 불러일으키는 방향을 택했다. 부디 호기심을 느껴주기를 바란다. 주연은 윤이나 외 다수. 책장을 넘기면, 시작됩니다.

세계를 구하진 못하더라도
사람을 구할 순 있겠지

정장 입은 남자들의 세계가
재미없는 이유

〈미세스 아메리카 Mrs. America〉

"전부 다 안고 가면 어때?

뜻 맞는 사람들끼리 모여서 떠드는 게 무슨 혁명이야."

역사와 정치의 많은 부분을 드라마로 배웠다. KBS 〈용의 눈물〉로 조선 개국의 역사를 배웠고, 〈한명회〉를 통해 조선의 정치를 배웠다. 양녕대군이 쏟아지는 비를 맞으며 폐세자가 되는 장면에 지나치게 이입한 나머지, 그 이후부터 존경하는 인물에 세종대왕을 쓰는 친구들을 은근히 미워하기도 했다. 대체로 배우 최수종이 왕으로 등장하는 또 다른 사극들까지 조합하면, 얼추 고려부터 조선까지의 역사를 드라마 순으로 정렬할 수 있는 수준이었다. 일제 강점기 시대극도, 근대사를 다룬 작품도 좋아했다. 5·18 광주 민주화운동을 처음 접한 것도 SBS의 드라마 〈모래시계〉다. 그랬던 내가 유일하게 보지 않은 드라마는, 1990년대 중반 MBC에서 방영됐던

〈제3공화국〉과 〈제4공화국〉이었다. 대충 이야기 비슷한 것만 있어도 눈을 떼지 않던 중독에 가까운 TV 키드였음에도, 나는 〈공화국〉 시리즈 속 군복과 정장 입은 남자들의 세계에는 그 어떤 재미도 매력도 느끼지 못했다.

〈공화국〉 시리즈의 기억 때문인지 성인이 되어서도 본격 정치 드라마에 별다른 흥미가 없었다. 최근, 그리고 해외 작품까지 넓혀 보더라도 재미있게 본 작품이 드물었다. 주변 사람들이 〈하우스 오브 카드House of Card〉라든가 〈웨스트 윙The West Wing〉, 〈지정생존자 Designated Survivor〉 같은 작품에 열광할 때도, 몇 편 보지 않고 하차 선언을 했다. 정장을 입은 남자들이 나와서 세계와 정치에 대해 떠들면 순식간에 지루해졌다. 그래서 정치 드라마를 권하는 사람들에게 "난 정장 입은 남자들의 세계가 재미없다"라고 농담처럼 말해왔는데, 왓챠의 〈미세스 아메리카〉를 보고 나서야 그게 나의 진심이었다는 사실을 깨달았다. 여자들이 정치하는 이야기는 믿어지지 않을 정도로 재미있었기 때문이다.

〈미세스 아메리카〉는 정장 입은 남자들의 세계 언저리에서 여자들은 무엇을 하고 있었는지를 보여주는 장면으로 시작한다. 1971년, 비키니와 이브닝드레스를 입은 여자들이 무대에 선다. 미스 아메리카 선발대회일까? 아니다. 한 공화당 정치인의 선거 기금 모금 행사 현장이다. 무대에 선 여자들은 공화당 정치인들의 아내, 혹은 지지자들이다. 그들의 남편은 어디에 있을까? 당연히 무대 아래에 있다. 정장을 입고, 박수를 보낸다. 무대 위에 있지만, 주인공이 아니라 구경거리인 여자들. 일리노이주에 살고 있는 필리스 슐래플리(케이트 블란쳇) 역시 이들 중 한 명이다. 필리스는 국방과 핵전쟁에 관한 지식과 통찰력이 있고 그와 관련한 책도 집필한 전문가지만, 무대 위에서는 '아이 여섯을 키우는 가정주부'라고만 소개된다. 이미 두 번이나 선거에 출마했다가 낙선한 경력이 있는 그는, 여전히 정치적인 영향력을 발휘하고 싶은 야망이 있다. 자신의 신념인 미국적 보수주의의 가치를 널리 퍼뜨리고 자신의 이름을 알리기 위해, 이 영민하고 능력 있는 여성은 선거를 대신할 수 있는 자신만의 싸움을 찾아낸다. 성 평등 헌법 수정안(이하 ERA)을 반대하는 여성으로서의 싸움이 필리스가 선택한 정치다.

필리스의 맞은편에는 여성 해방 운동 진영의 페미니스트들이 있다. 잡지 〈미즈Ms.〉의 편집장이며 동 세대 페미니스트의 아이콘으로 유명했던 글로리아 스타이넘(로즈 번), 수많은 여성의 인생을 바꿔놓은 책 《여성성의 신화The Feminine Mystique》를 쓴 베티 프리단(트레이시 울먼), 하원 의원으로 주류 정치계 안에서 치열하게 싸웠던 벨라 앱저그(마고 마틴데일), 그리고 미국 대통령 선거 최초로 민주당 경선 후보에 출마한 흑인 여성 셜리 치점(우조 아두바)은 ERA의 비준을 위해 치열하게 싸운다. 드라마는 이 두 진영 사이 10년간의 싸움을 각각의 인물을 중심으로 조명하며 따라간다.

특히 추천하고 싶은 에피소드는 셜리 치점의 이야기를 담은 3회와 벨라 앱저그의 이야기인 7회다. 당선 가능성이 적은 상황에서 셜리는 흑인으로서의 자신과 여성으로서의 자신 중 무엇을 더 우선순위에 둘 것인지를 끊임없이 질문받는다. 이는 소수자이자 여성으로서의 정체성이 교차하는 지점에 서 있는 이들 모두가 받게 되는 질문이기도 하다. 처음이라는 대표성을 획득했으면 적당한 선에서 멈추고 대세를 지지하라는 암묵적인 강요도 따라온다. 여성 운동 진영의 유일한 하원 의원인 벨라 앱저그는 ERA의 비준을 밀어붙이는 과정에서 낙태 관련 법안이나 성 소수자 차별 금지와 같은, 누군가는 결코 양보할 수 없는 문제를 타협의 카드로 내밀어야 하는 상황에 놓인다. 주류 정치 안에서 비주류, 소수자의 목소리를 내려고 할 때 만나게 되는 딜레마다. 이 두 사람이 동일한 사안에서 어떤 선택을 하고 또 어떤 태도를 보이는지, 그리고 자신 앞의 문제나 자신이 저지르고 만 실수에서 무엇을 배우고 어떻게 반성하며 다음으로 나아가는지, 이 과정이 바로 정치다.

〈미세스 아메리카〉는 이들이 얼마나 복잡한 인간인지를 보여주는 일 또한 포기하지 않는다. 이들은 때로 모순된 주장과 행동을 하고 윤리적이지 않은 선택을 한다. 모든 인물에게는 결코 사랑할 수 없는 구석이 있고, 누구도 인격적으로 충분히 성숙했다고 말하기 어렵다. ERA에 대한 찬반 구도로만 본다면 이 싸움이 페미니스트들과 필리스로 극명하게 양분되는 것 같지만, 이들은 결코 양 끝에 서 있지 않다. 흔히들 생각하는 '진보 좌파'와 '보수 우파'의 싸움이 아니라는 의미다. ERA를 찬성하는 쪽에는 공화당원 질 럭겔스하우스(엘리자베스 뱅크스)를 비롯해 미국에서 보수주의자로 분류되는 인물도 상당수 존재한다. 필리스의 곁에서 함께하는 STOP ERA 진영에도 역시 인종차별주의자나 극우 기독교 낙태 반대론자부터 미국적 가족주의를 중시하는 가정주부까지, ERA 찬성 쪽보다는 좁더라도 분명히 다른 스펙트럼을 보여주는 인물들이 속해 있다.

〈미세스 아메리카〉가 인물 중심으로 이야기를 전개한 이유는 이들이 서로 얼마나 다르게 복잡하며 고유한 개인인지를 보여줌으로써 연대가 얼마나 어려운 일인지를 담아내고자 했기 때문이다. 연대는 적대하는 것만큼, 어쩌면 그 이상으로 어렵다. 필리스는 ERA의 비준을 막고자 하는 세력의 중심에서 개인 간의 의견 차이를 지우고 동일한 메시지를 동시에 내보내어 상대를 몰아붙이는 전략을 세운다. 과연 군사학 전문가다운 효과적인 전략이 아닐 수 없다. 하지만 페미니스트들은 그럴 수 없다. 이들은 각기 다른 성 정체성, 성 지향을 가진 사람들이며, 인종도 처한 상황도, 계급적인 위치도, 이 싸움을 하는 이유도 모두 다르다. 이 차이는 대충 뒤섞을 수도 없고, 하나의 목소리로 만들 수도 없으며, 페미니스트라면 그래서도 안 된다. 이들은 개별의 사건에서도 갈등하고 대립할 뿐 아니라, 친구이며 동지로서의 관계에서도 서로 다른 생각과 선택으로 멀어지는 어려움을 겪는다. ERA의 비준도, 각자의 의견을 모으는 일도 더디게만 진전된다. 하지만 갈등의 순간에 포기하지 않는 것이 페미니스트가 해야 하는 선택이며, 페미니스트다운 일이다. 전미여성대회에 참여할 수 있는 여성의 기준을 세우며 치열하게 논의하는 자리에서, 글로리아 스타이넘은 말한다. "전부 다 안고 가면 어때? 뜻 맞는 사람들끼리 모여서 떠드는 게 무슨 혁명이야." 뜻이 맞는 사람들끼리 뭉쳐서 떠들고 다른 의견과 목소리를 묵살하는 것은 혁명도 아니고, 페미니즘도 아니라는 것. 이 작품의 메시지는 그곳에 도달한다.

〈미세스 아메리카〉가 담은 치열한 10년은 1977년 텍사스 휴스턴에서 전미여성대회가 열린 후에도 ERA가 비준되지 않고, 앞서 행사를 연 전국여성정치회의의 회장직에서도 벨라 앱저그가 물러나게 되면서 여성 해방 운동 진영이 와해되어가는 모습을 보여주며 마무리된다. 싸움의 최전선에 서 있던 사람들이 뿔뿔이 흩어지고 공화당의 로널드 레이건이 미국의 40대 대통령으로 당선되면서 1970년대는 과거가 된다. 그렇다면 이 싸움의 승리자는 필리스일까? 일찌감치 레이건을 지지하며, ERA 비준을 저지한 공로로 다시 한번 워싱턴 입성을 바랐던 그의 꿈은 전화 한 통으로 좌절된다. 이 긴 싸움에서 승리한 여성은 없다. 이후, 현실의 필리스는 자신의 정치를 계속해나가다가 제45대 대통령 선거 경선에 참여한 도널드 트럼프를 말년에 공식적으로 지지했다. 다른 어떤 보수 정치인보다 빨랐던 이 지지 선언은 트럼프 전 대통령 본인이 인정할 정도로 그의 당선에 영향을 미쳤다고 한다. 어떤 역사는 그렇게 반복된다.

다른 방식으로 기록되고 이어지는, 또 다른 역사도 있다. 〈미세스 아메리카〉가 기록한 것도 역사다. 이전에는 정치의 영역으로 여겨지지 않았던 주방이라는 공간에서 시작한 이 작품은, '가장 개인적인 것이 가장 정치적이다'라는 말의 의미를 다시 한번 되새기게 한다. 무엇보다 뛰어난 여성 배우들이 생생히 살아 숨 쉬는 인물들을 연기하며 화면 속 시간과 공간 모두를 장악하는 장면을 시청하는 경험은 드물기에 더욱 특별하다. 개인으로서의 여성에게 조명을 비추고, 이들의 선택과 현실의 정치를 엮고, 작품의 크레디트 대부분을 여성의 이름으로 채운 작품. 정장 입은 남자들 없이도 〈미세스 아메리카〉가 훌륭한 정치 드라마인 이유다.

이 드라마를 보며 한국의 페미니즘 정치사를 드라마로 만든다면 어떤 이야기가 펼쳐질지 상상해보았다. 호주제 철폐를 위한 투쟁으로부터 이야기를 시작해도 좋겠다. 민주화 운동사와 노동 운동사에서도 여성의 이름을 더 많이 찾아내고, 여성 개인의 이야기를 발견하고 싶다. 이 모든 이야기에 더해 2010년대 중반에 이르러 다시 불붙은 페미니즘 운동과 그 안과 밖의 치열한 싸움까지 엮어 대한민국 현대사를 여성의 이름으로 다시 쓰는 드라마가 있다면 어떨까. 이 이야기 속에서도 정장 입은 남자들은 무대 아래에서 보이지 않는 결정으로, 전화선 너머의 목소리로, 모니터 뒤의 몇 마디로 여성들을 좌절시키고 분열시킬 것이다. 그뿐인가. 스스로 안티 페미니스트임을 자임하며 '한국의 페미니스트들은 틀렸다'고 말하는 여성들, 페미니스트라고 말하면서도 다른 여성의 목소리가 들리지 않는 쪽으로 등을 돌린 여성들은 한국의 필리스 자리에 이미 서 있다. 그렇다면 이야기는 충분히 준비된 것만 같다. 동시에 현실은 결코 만들어진 이야기와 같을 수 없음을 다시 생각한다. 지금 우리의 싸움을 이어가고, 이 과정이 언젠가 좋은 이야기로 만들어지기 위해서는 지금보다 훨씬 더 많은 여성의 목소리가, 이야기가 필요하다. 50년 전 〈미세스 아메리카〉의 여성들이 급진적이라고 말했던 주장의 어떤 부분은 이미 낡았는데, 어떤 부분은 실현조차 되지 않은 혼돈의 2020년대다. 여성에게 새롭게 가혹한 이 혼란스러운 시대를 살아가며, 더 많은 여성이 자기 목소리를 내고, 싸워야 할 대상과 치열하게 싸우고, 어려워도 내 옆의 여성과 연대하기를. 그렇게만 된다면 언젠가 우리의 이야기를 성실하게 기록해 한국의 정치를 여성의 이야기로 다시 쓰는 모습을 보게 될 날도 올 것이다. 부디 우리의 이야기는 〈미세스 아메리카〉와는 달리 여성의 이름으로 끝나는 승리의 드라마였으면 한다.

세상 밖으로 나온 소녀는
돌아가지 않는다

〈에놀라 홈즈 Enola Holmes〉

"엄마는 제가 자유를 찾길 바랐어요.

스스로의 미래와 스스로의 목표도요. 제 인생은 제 거랍니다.

그리고 우리의 미래는 우리에게 달려 있죠."

홈즈 가(家) 이야기를 하기에 적합하지 않은 서두 같기는 하지만, 나는 홈즈보다 뤼팽을 더 좋아한다. 언제부턴가 이 사실을 입 밖으로 소리 내 말하는 걸 꺼리게 됐는데, 그 이유는 이 말을 꺼내면 십중팔구 '미스터리 탐정 장르'에 대해서 잘 모르는 사람이라는 평가가 돌아왔기 때문이다. 아서 코넌 도일의 〈셜록 홈즈Sherlock Holmes〉 시리즈가 얼마나 훌륭한지는 잘 알고 있다. 내가 홈즈와 뤼팽 시리즈를 접한 것은 열 살도 되기 전의 일이다. 책을 많이 읽게 하는 것 말고는 다른 사교육을 시키기 어려운 형편이었던 엄마가 어딘가에서 해적판 홈즈와 뤼팽 전집을 얻어왔고, 나는 그 책들을 달달 외울 정도로 읽었다. 그때도 지금과 똑같이 생각했다. 홈즈가 더 재미있고, 뤼팽이 더 좋다고. 훌륭한 책, 더 재미있는 이야기의 인물을 반드시 더 좋아하게 되는 것은 아니라는 것도 그때 배웠다. 여전히 캐릭터로서는 뤼팽이 더 매력적이다. 이 항변을 더하면 상황은 높은 확률로 악화된다. 이 정도까지 대화가 진전되었다면 이미 상대는 추리 소설을 좋아하고, 홈즈는 더 좋아하는 사람일 확률이 높기 때문이다. 상대는 일단 아르센 뤼팽은 탐정이 아니라 괴도이고 그의 활약 대부분은 추리가 아닌 변신 기술과 타고난 외모 때문에 가능했던 것이므로 당신이 좋아하는 건 추리 소설이 아니라 잘생긴 프랑스 도둑일 뿐이라는 말을 나에게 돌려서 전달하기 위해 최선을 다한다. 홈즈가 더 뛰어난 탐정인가 뤼팽이 더 신출귀몰한 도둑인가를 놓고 싸우던 프랑스와 영국의 추리 소설 독자가 아닌데도, 이런 이유로 껄끄럽게 나는 홈즈와 멀어질 수밖에 없었다.

많은 해외 드라마 팬들과 마찬가지로, 베네딕트 컴버배치가 홈즈를 연기한 영국 BBC 〈셜록 Sherlock〉 시리즈 덕분에 뒤늦게 홈즈와 다시 가까워질 수 있었다. 하지만 어쩌면 이것도 운명일까. 없었더라면 좋았을 네 번

째 시즌 때문에 홈즈에 대한 관심이 다시 사라져버리고
말았다. 시즌 4에는 유러스 홈즈라는 이름의 홈즈의 여
동생이 등장하는데, 남자 형제들 이상의 뛰어난 지능을
가지고 있지만 여러 가지 이유로 유폐되어 살아가는 인
물이다. 그를 그리는 방식이나 서사는 만족스럽지 않았
지만, 셜록과 비슷한 능력을 가진 여성이 있다면 그 여
성의 이야기는 어떤 방식으로 다르고 또 새로울지를 상
상해볼 수 있는 계기는 되었던 것 같다. 단순히 캐릭터
의 성별을 반전하는 게 아니라, 원래부터 여성인 인물
에게 매력적이고 인기 있는 남성 캐릭터의 설정을 심
어보는 일은, 새로운 인물을 만들 때 언제나 생각해보
는 지점이다. 당연하게도 나보다, 그리고 BBC의 〈셜록〉
보다도 앞서 같은 상상을 했던 작가가 있었다. 그 작
가, 낸시 스프링어가 쓴 청소년 소설이 바로《에놀라 홈
즈The Enola Holmes Mysteries》연작이다.

　넷플릭스의 〈에놀라 홈즈〉는 스프링어의 연작 소설
중 1편인 〈사라진 후작The Case of the Missing Marquess〉 편
을 원작으로 하는 영화다. 홈즈를 현대로 데려온 BBC
〈셜록〉과는 달리, 코넌 도일의 원작 그대로 빅토리아 시

대가 배경이다. 이는 곧 여성인 주인공에게 현재보다 더 많은 제약이 존재한다는 의미다. 빅토리아 시대의 여성은 몸을 고통스러운 방식으로 조이는 고래 등뼈 코르셋을 입었고, 남자와는 전혀 다른 교육을 받았으며, 시대가 원하는 여성상에 맞추기 위해 온갖 규제와 억압을 감내해야 했다. 무엇보다 사회의 구조가 여성이 남성에 소속되어 의존하지 않으면 살아남을 수 없게 만들어져 있었다. 시대적 한계에도 불구하고 홈즈 남매들의 엄마(헬레나 본햄 카터)는 막내딸인 에놀라(밀리 바비 브라운)를 또래 여성들과는 다른 방식으로 가르쳤고, 그래서 에놀라는 다른 세상을 상상할 수 있었다.

에놀라가 열여섯 번째 생일을 맞이한 날, 에놀라의 엄마가 사라진다. 에놀라는 고향 집을 떠나 런던에 살고 있는 오빠들에게 도움을 요청하지만, 큰오빠 마이크로프트(샘 클라플린)는 에놀라를 엄격한 신부 수업 기숙 학교에 보낼 생각만 하고 셜록(헨리 캐빌)은 이를 방관한다. 너무나 다행히도 이 이야기의 주인공은 슈퍼맨과 흡사한 모습으로 등장한 낯선 외모의 셜록이 아니기 때문에, 영화는 오빠들이 귀환한 고향 집을 탈출하여 자신의 힘으로 엄마를 찾기 위해 런던으로 떠난 에놀라에게 더 집중한다. 그래서 이 영화의 장르는 추리보다는 모험에 가깝다. 벌어진 사건의 배후나 범인을 알게 되는 과정보다, 에놀라가 만나게 될 새로운 세계에서의 성장과 발견이 중요하기 때문이다. 성인 남성인 셜록 홈즈와 비슷한 탐정으로서의 자질을 미성년 여성인 에놀라에게 심어줬을 때, 작품이 추리극에서 모험극이 되는 이 장르 변화는 너무나 짜릿하다. 셜록 홈즈가 여성이 되는 성별 반전보다는 이쪽이 훨씬 변화의 폭이 크다.

모험을 떠난 소녀는 세계에 싸움을 건다. 그렇기에 이 영화에서 제일 통쾌한 부분은 사건의 조각들이 한데 모여 퍼즐을 완성시키는 순간이 아니다. 에놀라가 실제로 몸을 부딪치며 남자들의 세계에 싸움을 걸고 마침내 이기는 순간이야말로, 이 이야기가 홈즈의 세계에서 뻗어 나와 힘차게 성장하는 새로운 줄기라는 증거다. 성인 남성과 맨손으로 대결하는 일을 피하지 않고 온 힘을 다해 덤비는 10대 소녀 에놀라는, 대체로 쇼파에 앉은 채로 사건을 해결하기를 선호하는 오빠와는 본질적으로 다른 인물이다. 에놀라는 세상 속으로 거침없이 뛰어들고 직접 부딪친다. 충돌과 상처 속에서도 살아남으면서 엄마에게 배웠던 지식이 실제의 삶에 적용되는 것을 경험한다. 혼자 살아가는 법을 가르쳐주는 것이야말로 엄마가 딸에게 줄 수 있는 최고의 교육임을 딸들은 알고 있다. 에놀라가 엄마에게 배운 혼자 살기의 기술 중 가장 중요한 기술은 싸움의 기술이다. 위험한 상황에서 발로 뛰고 차며 자신의 힘으로 빠져나오는 에놀라와 함께, 격투기를 배우고 몸을 단련하며 세상을 바꿀 준비를 하는 19세기의 여성들을 만나게 되는 경험역시 특별하다. 19세기 영국 사회에는 여성을 향한 억압과 불평등, 차별이 있었다. 하지만 거기에도 맞서는 여성들이 있었다. 우리는 사회의 구조와 맞서는 싸움을 이야기할 때, 이 싸움 또한 물리적인 싸움이라는 사실을 종종 잊는다. 구조를 바꾸기 위한 투쟁에, 몸과 몸이 맞부딪치게 되어 있다는 것을 까먹는다. 19세기 여성들의 싸움도 그랬다. 권력은 힘이고, 많은 경우에 물리적인 힘으로 작용한다. 권력에 맞서는 이들은 물리적인 위협에 처하며, 이 싸움에 대응할 방식을 찾아내고 배워야 한다. 에놀라처럼. 이 작품은 모든 싸움에서 에놀라가 이기기 때문에 재미있다. 에놀라가 주인공이기 때문이다.

긴 이름과 선거법 개정안 투표권 모두를 가진 소년 후작(루이 파트리지)의 이야기는 〈에놀라 홈즈〉의 또 다른 한 축이다. 영화는 이 부분에서도 초심을 잃지 않고 에놀라에게 주인공이자 영웅의 서사를 모두 선사한다. 에놀라는 위험에 처한 소년을 구하고, 중요한 순간에 자신을 희생해 소년을 돕는다. 소년 대신 몸으로 싸우고, 또 이긴다. 소년 중심의 영웅 성장 서사를 고스란히 뒤집은 이 관계의 구도는, 밀리 바비 브라운의 강단 있는 연기에 힘입어 더없이 자연스럽다. 하지만 에놀라에게 모든 상황을 이끄는 역할이 부여되었음에도, 성별과 계급 차이로 인해 두 사람의 마지막 선택은 달라진다. 소년 후작은 에놀라와 함께 모험을 통해 세상을 배운 뒤 다시 저택으로 돌아간다. 세상을 바꿀 수 있는 힘은, 남자이고 귀족인 자신 안에 이미 존재했던 것이다. 더는 위협하는 존재가 없는 안전한 집으로 돌아가 날 때부터 부여받은 권리를 행사하는 것이 소년의 선택이다.

에놀라는 돌아가지 않는다. 세상을 바꿀 가능성이 있는 권력은 남성에게만 주어졌고 그나마도 최상위 계층에게만 대물림되었던 시대, 가부장의 권력이 여전히 작동하는 공간은 에놀라의 집이 아니다. 혼자 살아가는 것이 소녀, 에놀라의 선택이다. 소년의 모험은 늘 귀환으로 마무리된다. 소년에게 세계는 집이 얼마나 소중한 곳인지를 가르쳐주는 바깥이며, 모험을 통해 성장했다고 해도 이 변화를 인정해주는 곳은 언제나 고향, 집이다. 소녀의 모험은 홀로서기로 마무리된다. 소녀에게 세계는 집이 얼마나 좁고 억압된 곳이었는지를 확인시켜주는 자유의 공간이며, 모험을 통한 성장은 그 넓디넓은 세계에서 생존을 가능하게 해준다. 그래서 소녀는 돌아가지 않는다. 성장 서사에서 반복되는 이 패턴은 이야기 밖에서도 다시 곱씹어볼 만한 주제다.

이 맥락 안에서 엄마의 동료이자 동생 에놀라의 주짓수 선생님이기도 했던 여성이 셜록 홈즈와 대화를 나누는 장면을 다시 보고 싶다. BBC 〈셜록〉의 극장판인 〈셜록: 유령신부〉는 〈에놀라 홈즈〉와 같은 주제인 19세기 영국의 여성 인권 운동을 다루고 있다. 나는 이 작품을 영화관에서 봤다. 지루했기 때문에 기억은 잘 나지 않지만, 하이라이트 부분에서 비밀을 밝혀낸 셜록이 여자들을 병풍처럼 세워두고 여성 인권에 대해 일장 연설을 늘어놓을 때의 답답한 심정만은 똑똑히 기억하고 있다. 내가 그때 셜록에게 하고 싶었던 말을, 그 누구보다 강인해 보이는 여성이 다른 얼굴의 셜록에게 대신 쏘아붙일 때의 통쾌함이란.

"당신은 권력 없이 사는 인생이 어떤 건지 몰라요. 당신은 정치에는 아무런 관심도 없죠. 왜냐하면 당신은 세상을 바꾸는 데 아무런 관심이 없기 때문이에요. 본인에겐 이미 딱 좋은 세상이라서."

배경이 될 생각이 없는 여성들, 맞서 싸우기로 한 여성들, 세상은 누가 바꾸어주는 것이 아니라 내가 바꾸는 것임을 알고 있는 여성들에게는 목소리가 있다. 그러니 남자들이 대신 말해줄 필요는 없다. '딱 좋은 세상'으로 돌아갈 수 있는 남자들의 이야기를 대신할 여자들의 이야기는 이제 시작됐을 뿐이다. 앞서 언급한 스프링어의 원작 소설은 총 일곱 권이다. 아직 에놀라의 이야기는 끝나지 않았다.

에놀라라는 독특한 이름은 혼자라는 의미의 영어 단어 'Alone'을 거꾸로 읽은 것이다. 흔히들 혼동하지만, 혼자라는 말은 외롭다는 말과 동의어가 아니다. 〈에놀라 홈즈〉는 읽고, 보고, 듣고, 배우고, 운동하고, 싸울 준비를 할 때, 우리는 혼자의 힘으로 설 수 있고 비로소 자유로울 수 있다고 말하는 영화다. "내 인생은 온전히 나의 거야. 우리의 미래는 오직 우리에게 달려 있어." 이렇게 정직하고 필요한 메시지를 정확한 대상, 자기 자신과 같은 젊은 여성들에게 직진으로 전달하는 영화와 인물을 사랑하지 않기란 어려운 일이다. 앞으로 홈즈와 뤼팽을 비교하는 질문을 받으면, 혹은 그 질문이 너무 낡아 더 이상 들을 일이 없다면, 좋아하는 탐정 캐릭터 또는 10대 여성 캐릭터를 묻는 질문에 이렇게 답할 것이다. "저는 홈즈를 좋아합니다. 에놀라 홈즈." 상대가 에놀라를 모른다면, 거기서부터 함께 나눌 수 있는 이야기는 무궁무진할 것이다. 혹시 소녀 모험극, 좋아하세요?

어쩐지 조금 슬프지만
역시 이상한 세계

〈보건교사 안은영〉

"너는 말이야. 캐릭터 문제야.

그럴수록 칙칙하게 가지 말고 달리는 모험 만화로 가야 돼.

다치지 말고 유쾌하게 가란 말이야."

장난감 칼을 샀다. 한 자루에 1910원인데 배송비는 3000원이라 배보다 배꼽이 큰 격이었지만, 어쩐지 '지른다'라는 마음으로 결제했다. 모든 일이 지루하게 느껴지던 새벽이었고 뭐라도 사고 싶었다. 비싸지 않고 쓸모는 없되, 재미있거나 아름다운 것. 마침 넷플릭스에서 〈보건교사 안은영〉의 몇몇 장면을 다시 보던 중이었고, 주인공 안은영(정유미)이 젤리를 잡을 때 사용하는 야광 칼을 나도 사기로 결심했다. 그렇게 새벽에 뚝딱 결제해버리고는, 해가 밝아올 때까지 일하느라 물건을 샀다는 사실조차 까맣게 잊어버리고 말았다. 며칠 뒤 배송 지연 메시지가 도착한 후에야 장난감 칼을 충동구매했다는 것을 기억해낼 수 있었다. 지연의 이유는 바로 빨강, 노랑, 초록 삼색 중 노란색 손잡이의 칼만 주문이 폭증했기 때문이었다. 안은영이 드라마에서 휘두르는 것이 노란색 손잡이의 칼이었다. 판매 창의 상품명에도 '젤리 잡는 칼'이 덧붙여져 있었다.

장난감 칼로 젤리를 잡는 안은영. 2015년 민음사에서 출간된 정세랑의 소설 《보건교사 안은영》의 주인공으로, 소설에서 "죽고 산 것들이 뿜어내는 미세하고 아직 입증되지 않은 입자들의 응집체"라고 표현되는 젤리를 보는 인물이다. 이런 것들을 보니 당연히 귀신도 본다. 은영에게만 보이는 삿된 것들을 어떻게 정의하느냐에 따라 다르겠지만, 은영을 퇴마사라고도, 무당이라고도 할 수도 있겠다. 젤리도 귀신도 무찌르는 은영의 무기는 "비비탄 총과 늘어나는 무지개색 깔때기형 장난감 칼"이다. 이 소설을 원작으로 하고 대본에 정세랑 작가가 참여하기도 한 동명의 넷플릭스 오리지널 드라마 시리즈 〈보건교사 안은영〉 역시 자신의 특별한 능력을 소개하는 은영의 내레이션으로 시작한다. "내가 보는 세상은 비밀이다. 그리고 나는 아무도 모르게 남을 돕는 운명을 타고났다." 그리고 내뱉는 욕설. 거기까지가 안은영이다.

소설에는 쌍시옷 발음이 강조되어 딱 한 번 들어간 욕설을, 드라마의 안은영은 꽤 자주 툭툭 내뱉는다. 욕을 하는 안은영을 보고 들을 수 있다는 사실이 이 드라마의 많은 것을 말해준다. 왜냐하면 캐스팅 소식 이후 〈보건교사 안은영〉이 가장 큰 주목을 받은 순간이 넷플릭스 정식 공개 전의 티저 예고편에 이 욕설이 등장했을 때였기 때문이다. 전파나 케이블을 타고 오는 방송과 넷플릭스와 같은 OTT의 가장 큰 차이점 중 하나가 표현의 자유도다. 넷플릭스의 〈킹덤〉이 이야기의 규모와 이미지 표현의 수위에서 자유를 얻었고 〈인간수업〉이 소재의 범위에서 자유를 얻었다면, 〈보건교사 안은영〉에서는 이경미 감독이 자유를 얻었다. 단순하게 욕설에 묵음 처리를 하지 않아도 되는 것을 넘어, 개봉관 수나 개봉 첫 주 관객 수와 상관없이 자신의 세계를 펼쳐 보일 수 있는 자유가 이경미라는 창작자에게 드디어 허락된 것이다.

드라마 〈보건교사 안은영〉은 정세랑이라는 세계의 변형이고, 이경미라는 세계의 완성이다. 정세랑 작가가 창조한 '명랑하고 이상한' 세계는 이경미 감독의 손을 거친 뒤 '이상하게도 명랑한' 인물들이 살고 있는 '어쩐지 조금 슬프지만 역시 이상한' 세계로 변모한다. 작품의 배경인 목련 고등학교의 학생들이 한 손을 높이 들고 다른 한 손으로 반대편 겨드랑이를 치며 독특한 리듬과 가락을 실어 "내 몸이 좋아진다"라고 외치는 바로 그 순간부터, 거기는 이경미 감독의 세계가 된다. 더 명랑하고 속도감 있는 이야기, 조력자 홍인표(남주혁)와 안은영 사이의 로맨스를 기대한 원작 소설의 독자라면, 시청자로서는 기대를 배반당했다고 느낄 법도 하다. 하지만 기대의 배반은 원래 이경미 감독의 특기다. 독특한 에너지를 뿜어내는 여성 인물들은 예상치 않은 방향으로 질주하고, 이경미는 그들을 멈추게 할 생각이 없다. 이런 방식으로, 안은영도 달려나간다. 누군가의 기대를 배반하면서, 구해주길 기다리는 사람이 있는 방향을 향해, 있는 힘껏.

처음에는 나도 드라마의 안은영이 낯설었다. 소설을 읽으며 상상한 모습보다 지나치게 피곤해 보였다. 하지만 생각해보자. 무당이나 퇴마사라면 젤리 비슷한 것을 퇴치해주고 돈이라도 벌지. 자기 능력을 숨겨야 하는 은영은 보통 사람의 일을 하며 돈을 벌고 생활을 꾸려나가야 한다. 출근도 하고 업무도 하면서 수당도 들어오지 않는데 본업보다 고된 추가 근무를 하는 꼴이니 피곤하지 않은 게 더 이상하다. 따지고 보면 슈퍼히어로가 아닌 것은 아니지만, 일단 보이는 세계가 비밀이다 보니 외계인 침공처럼 숨길 수 없는 재난을 해결하는 마블 소속 같은 직업군 히어로 선후배님들과는 상황이 전혀 다르다.

한국의 슈퍼히어로가 구해야 하는 인간들에게 닥친 위험이 실재하지만 보이지 않는다는 〈보건교사 안은영〉의 설정은 그래서 흥미롭다. 마블과 디씨 중심의 미국 슈퍼히어로물과 이 작품의 근본적인 차이점은 규모보다는 위험의 성격에 있다. 드라마의 시놉시스는 '언뜻 보면 모두가 행복한 고등학교다'라는 문장으로 시작한다. 안은영은 언뜻 보면 모두가 행복해 보이는 세계, 안을 들여다보지 않으면 모두가 잘 지내는 것처럼 보이는 세계에 잠입한 존재다. 위험은 학교 안에, 그리고 개인 안에 있다. 학교 깊숙한 곳에 위치한 지하실에서 뿜어져 나오는 기괴한 기운과 젤리들은 학생들을 죽이거나 건물을 무너뜨리는 게 아니라 이들을 '이상하게' 만든다. 원하지 않는 행동을 하게 만들고, 내가 아닌 다른 존재가 되게 한다. 안에 숨겨져 있었거나 밖에서 습득했을 혐오와 공포가 겉으로 드러나는 일, 상대를 욕하고 비난하면서 영혼을 훼손시키고 혐오와 불신, 미움과 천박함을 고스란히 드러내고도 조금도 부끄러워하지 않는 인간이 모인 세계가 〈보건교사 안은영〉의 지옥이다. 안은영은 보이지 않게 인간을 인간이 아닌 존재, 인간이라고 말하기 어려운 존재로 만드는 삿된 것을 없애, 인간을 인간답게 되돌려주는 방식으로 일하는 슈퍼히어로다.

슈퍼히어로가 인간을 무엇으로부터 구하는가가 그 세계에서 가장 위험한 것이 무엇인지를 알려준다면, 〈보건교사 안은영〉의 세계에서 가장 위험한 것은 이미 인간 안에 있는 악한 것들이다. 은영의 친구 강선(최준영)을 죽게 한 것은 표면적으로는 절단 난 크레인이다. 마블의 슈퍼히어로라면 강선을 살리기 위해 크레인을 들어 올리거나 크레인이 떨어지기 전에 강선을 밀어냈을 것이다. 하지만 〈보건교사 안은영〉의 세계에서 강선을 죽게 한 것은 크레인을 점검하지 않은 인간, 위험한 일을 맡기면서 제대로 된 보호 장비를 주지 않았을 인간, 그런 인간들의 마음과 행동이다. 그러니 은영은 그 자리에 있어도 강선을 구할 수 없다. 가진 능력이 달라서가 아니라, 그런 건 슈퍼히어로라도 막을 수 없는 일이기 때문이다. 크레인을 들어 올리고, 강선을 밀어내도, 언젠가는 벌어질 일이기 때문이다. 그래서 안은영은 더욱 피곤하다. 이 세계가, 실은 안은영이 태어난 한국 사회가, 은영이 구할 수 있는 방식으로 만들어지지 않았기 때문에. 은영은 구해주기보다는 지켜줄 뿐이다. 없앨 수 있는 것만 없애고, 마음으로 안전을 기도하면서.

건물을 부수고 불을 지르고 세상을 무너뜨리는 빌런과 맞서야 하는 세계의 슈퍼히어로로는 스펙터클하게 구현된다. 하지만 인간의 영혼을 갉아먹는 존재를 부지런하고 성실하게 없애야 하는, 이 독특한 슈퍼히어로는 직장인이 아니고서는 아무래도 표현이 어려울 것만 같다. 이 사람, 오늘도 피곤한 안은영이 어떤 사람인지를 보여주는 것은 어느 순간부터 연기자가 감당해야 하는 몫이 된다. 그래서 이 작품을 이야기할 때 안은영을 연기한 정유미라는 배우를 언급하지 않을 수 없다. 정유미는 개성 강한 원작자와 감독의 중간이 아닌 그 밖의 고유한 위치에서 삼각형을 이루며 균형을 잡는다. 정유미는 히어로의 운명에서 '남을 돕는'이 아니라 '아무도 모르게'에 방점을 찍고, 안은영의 오랜 외로움을 보여준다. 영상화 과정에서 새롭게 창조된 인물과 더해진 이야기를 이경미 감독이 솜씨 있게 묶어내는 후반부에서, 은영의 선택과 변화에 설득력을 더하는 것은 정유미의 연기다. 욕을 달고 살아도 결국 사람을 도울 운명, 나빠질 것을 알면서도 할 수 있는 것은 해보는 이 여성이 구할 것이다. 세계는 구하지 못하더라도, 사람을.

그렇게 '언젠가는 어차피 지게 되어 있는 세계'에서도 포기하지 않기로 한 안은영을, 그것도 정유미의 얼굴을 한 안은영을 응원하지 않을 도리는 없다. 또다시 기대를 배반당할 것을 알면서도 이 작품의 다음 시즌을 기다리는 첫 번째 이유는, 다음 배반은 당황보다 즐거움이 훨씬 클 것임을 알기 때문이다. 그리고 두 번째이자 마지막 이유는 바로 정유미의 안은영을, 퇴사의 꿈을 접은 이 피곤한 직장인이 그래도 계속해나가기로 한 싸움을 마저 보고 싶기 때문이다. 학생들이 다 졸업해버려도, 선생님은 학교에 남으니까. 계속 자라나 꼭 스무 살이 되어야 하는 아이들을 누군가는 지켜야 하니까.

노란 손잡이의 젤리 잡는 칼은 주문 후 열흘이 훨씬 넘게 지난 뒤에야 도착했다. 원통형의 짧은 칼을 손목 스냅으로 가볍게 휘두르면 바람을 가르는 소리를 내며 삼단으로 늘어나 긴 원뿔 모양이 된다. 휘두르는 동시에 작은 스위치를 올리면 야광으로 빛난다. 나 말고 깨어 있는 사람이 아무도 없는 건 아닌가 의심될 정도로 고요한 새벽이나, 어쩐지 가위에 눌릴 것 같은 밤, 젤리만큼이나 물컹하고 끈적한 감정과 싸워야 하는 순간에 무엇도 벨 수 없는 칼을 허공에 몇 번 휘젓는 것만으로도 기분이 나아진다는 걸 덕분에 알게 됐다. 내 눈에는 젤리도 귀신도 안 보이므로 참 다행한 일이지만, 틈만 나면 피곤한 30대 여성이 맞서 싸워야 할 건 젤리만은 아니니까.

2보 전진+1보 후퇴
=한 발의 진전

〈브루클린 나인-나인 Brooklyn Nine-Nine〉

"누군가 용기를 내서 자신이 누군지 이야기할 때마다

세상은 더 나아지고 흥미로운 곳이 되지."

새해 첫 달의 절반이 지났을 뿐인데 가계부의 '문화/여가' 카테고리로 지정된 예산이 또 초과했다. 이 카테고리 아래에는 책, 영화/연극/뮤지컬/전시, 구독, 세 개의 세부 항목이 있다. 엔터테인먼트 산업 언저리에서 일하는 사람으로서 쉽지 않은 고백이지만, 나는 이럴 때마다 '구독' 항목의 서비스부터 차례로 해지하며 예산을 확보한다. 2021년에 새로운 OTT가 론칭하면서 부담은 더욱 커졌다. 2년 강제 구독 중인 전셋집에 앉아 열 개도 넘는 구독 플랫폼을 돌아보며 신작을 확인하다 보면, 인생을 빌려 쓰고 있는 느낌까지 든다. 이럴 때는 일단 당장 볼 작품이 없는 플랫폼의 구독부터 빠르게 취소한다. 여기서 자동 구독 연장을 막는 팁 하나를 알려주겠다. 가족, 친구들과 결합되어 저렴한 가격으로 이용하고 있는 플랫폼이 아니라면 언제나 해지 상태를 기본값으로 두어야 한다. 보고 싶은 작품이나 봐야 하는 작품이 있을 때 새로 구독하면서 동시에 구독 해지를 신청해둔다. '당신을 기다리는 2백 6십 5만 작품을 떠나시겠어요?'라든가 '지금 특정 서비스를 추가하시면 돈은 더 내지만 24시간 동안 틀어놔도 죽을 때까지 볼 수 있는 작품을 선물해드립니다' 따위의 팝업 창을 넘어서서, 굳은 의지로 해지해야 한다. 우리에게는 하루를 48시간처럼 쓸 수 있는 헤르미온느의 시계가 없기 때문에, 볼 수 있는 콘텐츠도 당연히 제한되어 있다. 영화 한 편 안 봤는데 세 달 치의 플랫폼 요금을 내는 일은 없어야 하지 않겠는가. 이 과정을 거치면 딱 한 달만 서비스 이용이 가능하다. 언제 보고 싶은 작품이 생길지 몰라서 하염없이 구독을 유지하느라 매달 새나가는 돈을 절약하는 비법이다. 새로 가입할 때의 수고로움만 감수하면 된다.

단, 넷플릭스는 예외다. 특별히 이 플랫폼을 아껴서가 아니다. 나는 내 첫 드라마가 제일 먼저 스트리밍 서비스된 왓챠도 볼 게 없을 때는 야멸차게 끊어낼 줄 아는 강단 있는 사람이다. 그런 내가 넷플릭스를 항시 대기 상태로 두는 이유는 단 하나, 〈브루클린 나인-나인〉이 있기 때문이다. 일하다가 머리를 식히고 싶을 때, 잠이 안 오지만 무겁거나 긴 시리즈를 시작하고 싶지는 않을 때는 보통 예전에 봤던 시트콤을 또 본다. 잘 만들기가 정말 어려워서 그렇지, 시트콤만큼 매력적인 장르는 없다. 캐릭터와 관계, 이야기를 잘 쌓아간 시트콤을 몇 시즌에 걸쳐서 보다 보면, 인물들과 나는 저절로 친구가 된다. 어떤 사건 사고를 쳤고 누구와 사귀었고 어떤 콤플렉스가 있는지 아는 인물들은 오랜 친구처럼 익숙하다. 이들이 이미 알고 있는 소동을 벌여도 입담 좋은 친구가 웃긴 사건을 또 한 번 묘사할 때 처음 듣는 것처럼 웃어버리듯이 어김없이 또 웃는다. 시트콤은 끈적한 감정이나 복잡한 소회를 질척하게 남기지 않고, 다음으로 갈 줄 아는 산뜻한 장르다. 이 얼마나 훌륭한가. 세상에는 〈프렌즈Friends〉를 외울 만큼 보고도, 볼 작품이 없을 때면 다시 트는 사람이 있다. 내가 그런 사람이다. 보고 또 보고 다시 보며 쉼 없이 복습한 수많은 시트콤 중 최근 5년간 가장 애정도가 높은 작품은 〈브루클린 나인-나인〉인데, 이 작품은 넷플릭스에서만 볼 수 있다. 그러니 구독을 끊을 수 없는 것이다. OTT 플랫폼들이 고전시리즈 명작 영화나 시트콤을 미끼 콘텐츠로 잡아두고 새로운 작품을 쌓아가는 이유다. 그렇다. 자동 결제 취소니 뭐니 하면서 OTT 플랫폼을 영리하게 사용하는 알뜰 시청자인 척하고 있지만, 내가 바로 넷플릭스가 잡아둔 물고기인 것이다.

2021년 초, 〈브루클린 나인-나인〉의 여섯 번째 시즌이 드디어 넷플릭스에 공개된다는 소식은 온갖 나쁜 소식이 쏟아지며 시작된 그해 전해 들은 최초의 복음이었다. 〈브루클린 나인-나인〉은 미국의 방송사 FOX에서 다섯 번째 시즌까지 공개된 후, 조기 종영의 위기에 빠져 있다가 우여곡절 끝에 NBC로 옮겨 방송된 역사가 있다. 그래서인지 한국 넷플릭스에는 시즌 5가 마무리된 2018년 이후 업데이트가 뚝 끊겨 있었다. 여섯 번째 시즌의 도착은 2년이 넘는 기다림에 대한 보상과도 같았고, 그래서 아껴 보고 싶었지만 다짐이 무색하게 결국 또 밤을 하얗게 새우며 앉은 자리에서 한 시즌을 끝내고 말았다. 그래도 상관없다. 또 볼 거니까.

〈브루클린 나인-나인〉이 처음부터 재미있던 건 아니다. 이 작품은 제목 그대로 미국 뉴욕 브루클린의 99번 관할 경찰서를 배경으로 한다. 99번 관할서에 새로운 서장 레이먼드 홀트(안드레 브라우어)가 부임하면서 이야기가 시작된다. 제작자이기도 한 앤디 샘버그가 연기하는 주인공 제이크 페랄타는 형사로서 실력은 좋지만, 경쟁심이 지나치게 강하고 오만하며 정신적으로 성숙하지 않은 캐릭터다. 제이크가 홀트 서장과 '팀 99'이라고 불리는 관할서의 동료 형사들과 함께 성장해나가는 과정이 시리즈를 관통하는 서사다. 시즌 1의 첫 에피소드에서부터 제이크가 해결하지 못한 단 하나의 문제인 '자아 성장'의 과정에 함께하는 것이다.

시즌 1에서 가장 재미가 없던 부분은 제이크의 존재 그 자체였다. 첫 시즌부터 꾸준히 봤던 시트콤 〈빅뱅 이론The Big Bang Theory〉과 멀어질 수밖에 없었던 이유와 같았다. 미숙하고 철없는 백인 남자의 자아 성장을 참고 지켜봐주기엔, 내 시간이 너무 소중했다. 온 세상이 그들에게 관대한데, 나까지 참고 기다려줄 필요가 있을까?

그래도 〈브루클린 나인-나인〉을 참을 수 있었던 건, 이 작품이 제이크만의 성장담은 아니었기 때문이다. 99번 관할서는 작은 미국이다. 아시아인의 비율이 적은 점은 아쉽지만 인종 구성과 성비가 다양한 편이고, 그 중심에는 뉴욕에서 처음으로 커밍아웃한 흑인 게이 경찰로 설정된 홀트 서장이 있다. 이성애자 백인 남성인 제이크와 홀트 서장 사이의 반전된 권력 관계에서 오는 재미가 신선했던 이 시리즈는, 이후로도 시즌을 거듭해가면서 계속 정치적으로 올바른 방향, 다양성을 존중하는 쪽으로 키를 틀며 작품을 성장시켜갔다. 개별 인물의 성장이 반드시 작품의 성장을 담보하지는 않지만, 〈브루클린 나인-나인〉의 경우는 공권력을 가진 인물들을 그리는 만큼 그들이 사는 세계는 작품 바깥 세계의 분명한 영향을 받았고 그 안에서 진보적인 선택을 하는 인물들을 보여주면서 함께 성장했다.

이 변화의 과정에서 보면 여섯 번째 시즌의 핵심 주제를 담은 에피소드는 8편 '그의 말, 그녀의 말He Said, She Said'이라고 할 수 있다. 이 에피소드는 직장 내 성폭력 사건을 수사하는 과정에서 고민하는 여성 형사 에이미 산티아고(멜리사 푸메로)를 통해, 미투(#MeToo) 시대 이후 일하는 여성이 겪는 성폭력 문제를 정면으로 다룬다. 에이미의 1차 목표는 가해자 남성을 처벌하는 것이다. 이를 위해서는 피해자가 합의를 해주지 않아야 한다. 에이미는 피해자를 설득하고 싶다. 반면 또 다른 여성 형사인 로사 디아즈(스테퍼니 베아트리스)는 피해자가 복잡하고 지난한 싸움을 이어가게 하는 것보다 합의를 진행해 일을 계속할 수 있도록 돕는 게 더 현실적인 대안이라고 주장한다. 수많은 선례를 볼 때, 법적 다툼의 과정에서 피해자 여성은 직장도, 일도, 평판도 잃게 될 가능성이 높고, 이는 2보 전진에 앞선 1보 후퇴나 마찬가지라는 것이다.

둘 중 어느 한 쪽이 옳다고 그 누구도 말할 수 없다. 이 에피소드는 과거에 비슷한 일을 겪은 적이 있는 에이미와 피해자가 끝까지 함께 싸워 가해자를 처벌하지만, 로사가 말한 대로 피해자가 결국 직장을 떠나게 되는 결말로 마무리되는 것처럼 보인다. 하지만 피해자의 고백에 용기를 얻은 동료의 또 다른 고발이 이어지자, 로사는 앞서 언급한 대사를 전혀 다른 뉘앙스로 한 번 더 말한다. "2보 전진에 1보 후퇴는 그래도 한 발 나아간 거야." 이 대사야말로 〈브루클린 나인-나인〉의 방식이다. 다시 뒤돌아가게 되더라도 한 발자국이라도 나아가려고 애쓰고, 잘못은 고치고 반성할 때 인간은 성장한다. 이 과정에서 캐릭터들은 시트콤 안에서 과장되게 부여받은 설정 너머, 현실 세계에 발붙인 정체성, 위치, 역할을 지닌 인물로 변화해나간다.

이 작품에서 가장 좋아하는 캐릭터는 제이크의 오랜 친구이며 홀트의 비서인 지나 리네티다. '경찰서에서 일하지만 경찰이 아닌 사람'이라는 독특한 설정에 뛰어난 코미디언인 첼시 페레티 개인의 매력이 더해져 만들어진 이 개성 있는 여성은 여섯 번째 시즌부터 정규 캐릭터에서 하차했다. 하지만 삶에서 찾아오는 이별을 자연스럽게 받아들이는 태도야말로 성숙의 지표다. 지나와 '팀 99'은 서로를 격려하며 다음 단계로 간다. 지나는 팀을 떠나며 제이크에게 말한다. "많이 컸네." 글자로만 보면 주로 영화에서 통용되는 "많~이 컸다?"라는 조롱의 표현으로 느껴질 수도 있지만, 이 순간만큼은 문자 그대로의 의미다. 제이크와 지나는 많이 컸다. 변화가 곧 성장은 아니기에, 성장을 확인하기 위해서는 변화의 방향을 확인해보아야 한다. 두 사람은 자기 자신의 현재 모습과 약점을 받아들이고, 타인과 나의 관계를 건강하게 유지하려고 애쓰면서, 때로 관계와 일 모두에서 실패를 겪으면서도 자신이 가야 하는 길로 향해간다. 이 방향이라면, 의심할 여지가 없는 성장이다. 경쟁에서 이기는 것, 더 웃기는 것만이 중요했던 시기는 지나갔고, 이야기는 새로운 시대에 나아가야 하는 방향으로 전진한다.

그렇다고 해서 〈브루클린 나인-나인〉이 웃음을 포기했다는 것은 아니다. 지금도 끊임없이 하찮은 사건을 벌이며 온갖 일에 좌충우돌하는 이들은 여전히 웃긴 친구들이다. 다만 이전과 다른 점은, 계속 고민한다는 것이다. 때로 진지해지고, 무거워지는 것도 감수한다. 하염없이 가볍고 도무지 진지해지지 못했던 첫 시즌의 제이크를 보면서는 상상할 수 없던 변화다. 그가 퇴사하려는 홀트 서장을 붙잡으며 고백하듯이, 제이크는 서장과 동료들 덕분에 "훌륭한 경찰, 성숙한 인간"이 되었고, 되어가는 중이다. 다른 인물들도 마찬가지다.

무엇보다 〈브루클린 나인-나인〉은 웃음은 빨리 낡는 다는 무서운 진실을 직면할 줄 아는 작품이다. '어떤 유머에 웃는지를 보면 어떤 사람인지 알 수 있다'는 말은, 반응하는 유머에 따라 어떤 시대에 멈춰 있는지 알 수 있다는 의미다. 누군가를 깎아내리고, 소수자를 차별하고, 사회의 편견과 고정 관념에 기댄 유머에 웃는다면, 그는 차별이 용인되던 시대에 머무르는 사람이 된다. 성별 고정 관념이나 인종, 소수자 차별이 무기가 되는 유머를 지우고, 범죄를 수사하는 인물들이 실현하고자 하는 정의가 무엇인지 고민하고, 더 다양한 사람들에게 더 큰 웃음을 줄 수 있는 재미를 찾아가고, 이들만이 할 수 있는 이야기를 세밀하게 다듬어가면서, 〈브루클린 나인-나인〉의 웃음은 현재형으로 갱신된다.

모순적이지만 바로 이 이유 때문에 〈브루클린 나인-나인〉의 마지막 시즌 방영이 늦춰질 수밖에 없었다. 2020년 5월, 조지 플로이드 사망 사건으로 촉발된 흑인 인권 운동(Black Lives Matter)이 미국 전역에 퍼져나간 이후, 〈브루클린 나인-나인〉의 다음 시즌을 위해 이미 집필된 대본 일부가 폐기되었다는 소식이 전해졌다. 조지 플로이드 사망의 1차 원인이 경찰의 과잉 진압이었기 때문에 작품 속 경찰 캐릭터들 또한 시대 변화의 영향을 받을 수밖에 없었고, 전면적인 수정이 필요하다는 결론을 내린 것이다. 또 한 번 사회와 시대의 맥락 안에서 제대로 호흡하는 작품을 만들기 위해 인물들을 성장하게 하고, 고쳐나가기로 한 결정을 지지하지 않을 수 없다.

〈브루클린 나인-나인〉의 여덟 번째이자 마지막 시즌은 2021년 8월 공개됐다. 하지만 이런 OTT 범람의 시기에도, '공개'가 '시청 가능'을 의미하지는 않는다는 것이 언제나 아이러니하게 느껴진다. 얽히고설킨 계약의 사정이 있는지, 넷플릭스가 시즌 6 이후로 〈브루클린 나인-나인〉의 업데이트를 멈춰두었던 1년간, 가끔 넷플릭스 검색창에 '브루클린'을 쳐보고 마지막 시즌이 6에 멈춰 있는지를 확인하곤 했다. 시트콤 애청자에게 재탕과 복습은 습관과도 같지만, 새로운 이야기가 있는데 볼 수 없는 현실이 어쩐지 쓸쓸하게 느껴졌다. 그렇게 1년이 흐르고, 2022년 2월, 넷플릭스는 소리소문없이 시즌 7을 공개했다. 자동 결제를 취소하지 않고 성실히 구독

한 보람을 느끼며 하룻밤 사이 또 한 시즌을 마무리했
다. 도대체 여기서 끊으면 어쩌자는 거지……. 마지막
시즌은 언제 만날 수 있을까? 또 1년을 기다려야 할까?
들어오기만 한다면야 기다릴 테지만, 그래도 어떻게 좀
빨리는 안 될까요? 잡아둔 물고기가 말하고 있습니다.
넷플릭스, 듣고 있나요?

말하기로 결심한 순간부터
시작되는 이야기

⟨걸스 오브 막시|Moxie⟩

"네가 고개 숙이고 조용히 지내면

다음 애한테 가서 귀찮게 굴 거야."

"조언해줘서 고마워.

근데 나는 앞으로도 고개 빳빳이 들고 다닐 거야."

들을 때는 몰랐다가, 한참 뒤에야 이해하게 되는 말이 있다. 고등학교 2학년 때였다. 전교 회장 선거에 출마했다. 나와 함께 출마한 또 다른 후보는 이과의 한 남학생이었다. 상대가 당선됐다. 낙선 전에 어떤 일들이 있었는지는 별로 기억나지 않는다. 오히려 낙선 후가 기억난다. 분식집을 하던 엄마가 야간 자율 학습 중이었던 우리 반 아이들에게 직접 튀긴 핫도그를 간식으로 보냈다. 회장 선거에서는 떨어졌지만, 선거 운동을 도와주고 지지해줘서 고맙다는 의미였다. 나와 학급 친구들보다 자율 학습을 감독하고 있던 수학 선생님이 더 크게 감동했다. "실패했을 때 어떤 행동을 하는지가 그 사람의 품위를 보여준다." 실패했다고는 생각하지 않았지

만, 품위가 있는 쪽이 엄마라는 것은 마음에 들었다. 핫
도그를 먹고 있는데 한 친구가 와서 말했다. "너 그 이
야기 들었어?" 이런 서두로 시작되는 이야기에는 보통
안 좋은 소식이 들어가 있기 마련이다. 선거 전 마지막
토론회 직전에, 자신이 지지하는 후보가 당선될 가능성
이 더 높다는 소문을 들은 상대 후보의 선거운동원 중
누군가가 내가 불안할 것이라며 이런 말을 했다는 것이
다. "여자애가 뭐 할 수 있는 게 있겠어? 안 되면 토론
회에서 옷이라도 벗겠지." 그 말을 듣고 내가 어떤 반응
을 보였는지는 모르겠다. 그냥 소문으로 치부했고, 저
런 말을 들었다는 사실을 잊기 위해 노력했던 것 같다.
그 덕분인지 저 문장은 아주 가끔씩만 기억 속에 떠올
랐다. 소문 속의 등장인물이 학생회장 특별 전형으로
대학에 합격했을 때, 고등학교 시절을 함께 보낸 친구
들과 이야기를 나누다가 우연히 그때의 선거 얘기가 나
왔을 때, 그럴 때만 떠올랐다가 다시 가라앉았다. 나는
이때 들은 이야기를 누구에게도 먼저 꺼낸 적이 없다.

넷플릭스 오리지널 영화인 〈걸스 오브 막시〉는 유명
한 코미디언이자 영화배우인 에이미 폴러가 연출한 두

번째 영화로, 미국의 10대 여성들이 학교 안에서 페미니즘 운동을 시작해나가는 것을 소재로 삼고 있다. 직업이 직업인지라 새로운 영화나 드라마 시리즈가 시작되면 공개되자마자 언론 반응을 살펴보는 습관이 있다. 한국 영화는 언론 시사 반응을 확인하고, 해외 작품은 공개 직후 영화 전문 매체에 올라온 리뷰 기사를 훑어본다. 〈걸스 오브 막시〉가 공개된 날, 미국의 한 매체는 이런 제목을 단 리뷰 기사를 올렸다. '페미니스트의 관점을 그것이 필요하지 않은 세대에게 소개하는 에이미 폴러.' 읽어보니 전부 동의할 수는 없지만 충분히 납득 가능할 만한 비판이 포함된 글이었다. 하지만 제목이 아무래도 마음에 걸렸다. 2021년을 사는 10대에게 페미니즘은 필요 없는 이야기일까? 혹은 〈걸스 오브 막시〉가 보여주고 있는 페미니즘은 이미 낡아버린 이야기일까? 답을 찾기 위해서는, 영화를 봐야만 했다.

비비언(해들리 로빈슨)은 대학 진학을 위한 자기소개 에세이에 어떤 내용을 담을지가 가장 큰 고민인 고등학생이다. 자신과 비슷하게 조용한 성격을 가진 친구 클로디아(로런 차이)와 함께 가벼운 수다를 떨고, 엄마 리사(에이미 폴러)와 장을 보는 게 비비언의 평범한 일상이다. 루시(알리시아 파스콸페냐)가 전학을 오면서부터 비비언의 일상에는 작은 균열이 생긴다. 전학 온 첫날부터 소설 《위대한 개츠비The Great Gatsby》를 비판했다는 이유로 남성 풋볼 클럽 팀의 주장인 미첼(패트릭 슈워제네거)과 말싸움을 한 루시는, 미첼과 남학생들에게 부정적 의미의 관심을 받게 된다. 비비언은 미첼이 루시를 괴롭히는 장면을 목격한 뒤 루시를 찾아가 미첼을 무시하라고 조언한다. 잠자코 고개를 숙이고 있으면 네가 아닌 다른 사람을 귀찮게 할 것이라는 비비언의 말에, 루시는 이렇게 대답한다. "조언해줘서 고마워. 근데 나는 앞으로도 고개 빳빳이 들고 다닐 거야."

실은 비비언도 알고 있다. 미첼은 그냥 짜증 나는 남자애가 아니다. 위험하고, 위협적이다. 언제든 선을 넘고 다른 사람을 해치고 괴롭힐 수 있으며, 이미 그렇게 했다. 며칠 뒤, '최고의 엉덩이'와 같은 성차별적이고 여성혐오적인 카테고리로 여학생들의 이름을 나열한 리스트가 학생들 사이에 배포된다. 새로 생겨난 '가장 순종적인 (여성)' 카테고리에는 비비언의 이름이 적혀 있다. 그날 밤 비비언은 "가부장제를 불살라버리려는" 10대 시절을 보냈던 엄마가 모아둔 과거 자료들을 참고해서 학내의 성차별적인 분위기를 고발하는 얇은 잡지를 만들어 몰래 배포한다. 잡지의 이름은 '막시'. 잡지에 실린 여성을 지지하고 응원하는 메시지, 남성 중심 문화에 대한 반격의 외침은 조금씩, 분명하게 학생들 사이로 퍼져나간다.

〈걸스 오브 막시〉의 메시지는 간결하고 선명하다. 영화 속 학교, 오늘날의 세상은 남성 중심적이고 성차별적인 공간이다. 여성과 이를 지지하는 이들의 연대와 힘을 합쳐 내는 목소리만이 기존의 낡고 더러운 구조를 깨부술 수 있다. 에이미 폴러는 자기 목소리를 내기 어려워하던 수줍은 소녀가 점점 목소리를 높여가는 변화로부터, TV에서 흘러나오는 여성들의 시위 장면, 대기업의 여성 대표 수에 관한 뉴스까지, 영화 속 모든 장면에 이 메시지를 채워 넣는다. 특출나게 재미있거나 빼어난 이야기 속에 이 메시지가 자연스럽게 녹아 있다고 말하기는 어렵다. 하지만 적어도 에이미 폴러는 자신이 믿고, 또 세상에 필요하다고 생각하는 이야기를 충실하게, 무엇보다 진지하게 전달하는 감독임을 이 영화를 통해 증명한다. 자신이 믿는 더 나은 세계를 주인공인 비비언이 만들어나갈 수 있도록 백인 여성 페미니스트 감독으로서 최선을 다해 돕는다. 백인 남성의 목소리가 과대 대표되고, 성차별이 용인되고, 여성을 향한 집요한 괴롭힘과 혐오가 문화로 자리 잡고 있던 고등학교는, '막시 걸즈'의 목소리로 인해 변해간다. 더 나은 곳으로 바뀌어간다. 여성의 목소리, 연대, 서로를 향한 믿음과 도움 덕분이다. 이 영화는 그렇게 할 수 있다는 희망의 메시지이며, 그랬으면 한다는 간절한 바람이다.

에이미 폴러는 모두가 다양한 자신의 모습 그대로 존재하면서도, 싸워야 하는 순간에는 힘을 합칠 수 있는 세계를 만들어 비비언에게 선물한다. 비비언은 이 세계 속에서 성장한다. 친구 클로디아를 통해서는 유색 인종 2세대 이민자에게 같은 상황이 어떻게 다른 억압이 되는지를 배운다. 리더십이 강한 흑인 레즈비언인 루시와 함께 다른 인종, 다른 성격, 다른 성 지향을 가진 인물과 친구가 되고 같이 목소리를 내는 경험을 한다. 미첼과 장학금을 두고 경쟁하는 키에라(시드니 박)는 여성이 남성과 동등한 권리와 대가를 쟁취하기 위해서는 싸움과 투쟁이 필요한 현실을 드러내주는 인물이다. 비비언의 남자친구가 되는 세스(니코 히라가)는 믿음직한 지지자로 비비언의 편에 선다. 원하는 메시지를 전달하기 위해서 비비언 외의 다른 인물들이 도구적으로 사용된다고 비판한다면, 그건 분명한 사실이다. 하지만 이런 약점 때문에 〈걸스 오브 막시〉가 잘 만든 영화가 아니라고 평가하는 것과, 〈걸스 오브 막시〉의 세계와 이 영화속 페미니즘이 지금의 10대들에게 필요 없다고 결론 내는 것은 전혀 다른 이야기다.

당연히 영화 속 고등학교와 현실의 고등학교는 같을 수 없다. 누군가 손등에 하트나 별을 그리는 것으로 페미니즘을 지지하는 서로의 존재를 확인하자고 했을 때, 모두가 그림이 그려진 손등을 내미는 세계는 분명히 판타지다. 그렇다고 해서 〈걸스 오브 막시〉의 메시지가 10대들에게 필요 없는 것일까? 나는 그렇지 않다고 생각한다. 비비언은 꿈 속에서 끔찍한 위험에 처했을 때조차 목소리를 내지 못하는 소녀였다. 그랬던 비비언이 자기 의견을 말하게 되고, 잘못된 것을 잘못됐다고 지적할 수 있게 되고, 고개 숙인 채 지나가기를 바랐던 시간을 넘어 고개를 빳빳하게 들게 되는 이야기는 필요하다. 지금 미국의, 한국의 학교가 페미니즘에 대해서 소리 내서 말할 수 없는 공간이라면, 이런 이야기는 더욱 필요하다. 10대 여성들에게만 필요한 것이 아니다. 각기 다른 정도와 방식이었다 해도 분명한 차별과 혐오를 겪으며 10대 시절을 지나온 여성들에게도 이런 이야기가 필요하다. 쉼 없이 저항하고 싸웠던 젊은 날이 지나간 뒤 고된 일상을 살며 이혼을 하고, 딸과 제대로 된 관계를 맺는 데 어려움을 겪고 있는 중년의 리사에게도, 할리우드의 유명인이지만 당연하게도 그 안에서 일하는 여성으로서 고충을 겪어왔을 에이미 폴러에게도. 나는 이 이야기가 낡았다고 생각하지 않는다.

나는 꽤 오랫동안 20년 전의 "옷이라도 벗겠지"라는 표현이 구체적으로 무엇을 의미하는지 생각하지 않으려고 했다. 그 안의 차별, 폭력, 혐오, 모욕이 '여성인 나'를 향해 있었다는 사실을 인정하고 싶지 않았던 것 같다. 그 말을 실제로 누군가 했든, 옮겨지는 과정에서 와전이 되었든, 여성으로 살아가며 우리는 성인이 되기도 전부터 이런 말들을 듣는다. 여성을 인간으로 대우

하지 않는 조롱과 혐오의 말, 수치심을 조장하는 말, 존재를 부정하는 말들을. 그런데 세상은 겨우 그런 말을 가지고 일을 복잡하게 만들지 말라고 한다. 그때 내 안에도 그런 목소리가 들렸던 것 같다. 이걸 문제 삼지 말라고, 큰일로 만들지 말라고, 어차피 해결되지 않을 테니까 못 들은 척 숨겨두라고. 그랬기 때문에 아무 일도 벌어지지 않았지만, 아무 일도 벌어지지 않았기 때문에 그런 말을 했거나, 혹은 그런 말을 지어냈을 누군가는 잘못을 모르는 채로 어른이 되었을 것이다. 그리고 그런 말을 들은 나는 지금도 여전히, 내가 왜 그런 말을 들어야 했는지를 생각한다. 나는 〈걸스 오브 막시〉를 보면서, 그때 내가 어떤 행동을 해야 했는지를 생각해보았다. 비비언처럼, 루시처럼 할 수 없었지만, '막시 걸즈'가 목소리를 내는 과정을 따라가보는 것만으로도, 그 사건을 다시 정리해볼 수 있었다. 그것은 분명한 폭력이었고, 나는 피해자였다고 말할 수 있게 되었다. 다시 한번 말하지만, 〈걸스 오브 막시〉는 필요한 이야기다. 무엇보다 나에게 필요했다.

에이미 폴러에 대한 일화 중 내가 가장 좋아하는 이

야기는 그의 절친한 친구이며 동료인 티나 페이가 전해준 것이다. 두 사람이 모두 〈새터데이 나이트 라이브 SNL, Saturday Night Live〉의 작가로 일하던 시절, 대기실에서의 일이다. 지금은 자기 이름을 딴 유명한 쇼를 진행하는 방송인인 지미 팰런이 당시 프로그램의 간판스타였는데, "야하고 시끄럽고 '숙녀답지 못한'" 농담을 하는 에이미 폴러에게 팰런이 "그만해! 안 귀여워! 마음에 안 들어!"라고 외쳤다고 한다. 그때 에이미 폴러는 하던 행동을 멈추고 정색을 하며 대답했다. "네가 좋아하든 말든 신경 안 써."

〈걸스 오브 막시〉는 에이미 폴러의 그런 일면을 닮은 영화다. 영화 속 어떤 순간은 귀엽고 유쾌하지만, 페미니즘에 대한 태도와 메시지는 시종일관 진지하고 분명하다. 영화 안에서도 밖에서도 남자가 호감을 느끼든 말든 신경 쓰지 않는 에이미 폴러처럼. 잘못된 것을 잘못되었다고 말하기로 결심한 순간부터, 상관없는 사람들은 신경 쓰지 않고 계속 목소리를 내고자 한 순간부터 시작되는 이야기가 있다. 그렇기 때문에 누군가 〈걸스 오브 막시〉가 10대의 이야기인데도 왜 귀엽지 않냐

고, 왜 사랑스럽지 않냐고, 그래서 마음에도 들지 않는
다고 말한다면, 이렇게 대답할 수밖에 없다. 자기 세계
에서 자신의 경험을 통해 페미니즘을 배우는 10대 여
성의 이야기는 필요하며, 당신이 좋아하든 말든 우리는
신경 쓰지 않는다고.

이방인을 향한
혐오와 멸시의 결말

〈킹덤: 아신전〉

"조선 땅과 여진 땅에 살아 있는 모든 걸 죽여버리면

나도 당신들 곁으로 갈 거야."

2021년을 돌아봤을 때 최고의 이벤트 중 하나는 여름에 열린 2020 도쿄 올림픽이었다. 개막일까지만 해도 올림픽을 보게 될 거라고는 생각하지 않았다. 팬데믹 시대에 지구촌 스포츠 축제를 열고 즐긴다는 게 인간의 이기심인 것만 같아 개막식 중계도 일부러 피했는데, 첫 금메달을 딴 양궁 혼성팀의 경기를 보고 나서 정신을 차려보니 어느새 올림픽 경기 일정과 내 일정이 동기화되어 있었다. 양궁으로 시작해 탁구를 봤다. 수영을 보고, 태권도도 봤다. 여자 배구를, 여자 농구를, 체조를, 높이뛰기를, 클라이밍을 보며 운동을 하고, 일을 하고, 밥을 먹었다. 매 순간 최선을 다하고 마음껏 기량을 펼치는 선수들을 보고 있으면, 딱 하루씩만이라도 잘 살아보고 싶은 마음이 들었다. 바이러스가 좀 잦아들면 팀 스포츠를 시작해봐야겠다는 작은 다짐도 했다.

하지만 올림픽을 보면서 감동한 순간만 있던 건 아니다. 올림픽과 선수들을 둘러싸고 한국 사회에서 벌어지는 일들은 화가 나고 답답할 때가 훨씬 많았다. 여자 탁구 단체전 이후에 벌어진 일들에 관해서는 꼭 기록해두고 싶다. 생중계를 지켜보며 감상을 달 수 있는 포털 사이트의 댓글 창에 중국에서 귀화해 대한민국 국가 대표 선수로 뛰고 있는 전지희 선수를 향한 혐오 발언이 지속적으로 이어졌다. "조선족이 나라를 망친다"라든가, "귀화를 가려 받아라"라는 식의 혐오 표현이 있었다고 한다. 모든 혐오와 차별은 사회의 공동선을 해치지만, 특히 한국에 거주하는 중국 동포를 향한 근거 없는 오해와 혐오는 대중문화와 미디어를 통해 그 크기를 키워왔다는 점이 더욱 문제적이다. 특정 집단이나 공동체를 편견 어린 시선으로 묘사하는 영화나 드라마는 생각하지 않는 대중의 공포를 막연하게 자극한다. 이야기의 힘은 생각보다 훨씬 강하기 때문에, 대중에게 인기와 사랑을 얻은 이야기 속에서 부정적인 낙인이 찍히고 가상의 적으로 설정되어버린 집단은 현실에서도 혐오의 대상이 된다. 국적과 거주지 모두를 택할 수 있는 개인의 자유와 권리를 무시하고 특정 국가 태생이라는 이유로 전지희 선수와 중국 동포를 묶어서 호명하고 있다는 점에서, 이 혐오는 악질이다. 일부 중국 누리꾼도 전지희 선수에게 맹목적인 비난을 보냈다고 한다. 귀화를 이유로 출신지와 현재 국적의 국가 양쪽에서 비난을 받는 마음이 어떨지는 상상조차 어렵다.

이럴 때는 다시 한번 만들어진 이야기, 잘 만들어진 좋은 이야기에 우리가 사는 세상을 비춰보아야 한다. 그래야 낙담하지 않을 수 있고, 혐오를 또 다른 혐오로 되돌려주지 않을 수 있다. 좋은 이야기는 다시금 인간을 이해하게 하고, 타인이 처한 상황에 공감하고 그 마음을 상상하게 하기 때문이다. 혐오를 양산하는 이야기가 아니라, 혐오의 대상이 된 인간이 주인공이 되는 이야기가 필요한 순간이다.

〈킹덤: 아신전〉은 성저야인인 아신(전지현)의 이야기다. 성저야인은 만주 여진족 혈통의 민족으로, 조선 땅에 부락을 만들어 살았지만 조선인으로 대우받지는 못했다. 그렇다고 여진족에게 같은 민족으로 인정을 받은 것도 아니기 때문에 어느 편에서도 이방인인 존재였다. 이들은 압록강 이남 함경도 변방에 모여 살면서 동물을 잡아 살을 발라내는 일처럼 조선 사람들이 천하다고 여겨 손을 대지 않는 노동을 하며 생계를 유지했다. 성저야인의 부락이 보호받기 위해서는 북방 여진족 무리의 동향을 살펴 조선에 알리는 밀정 짓을 해야 했는데, 아신의 아버지이며 성저야인들의 우두머리인 타합(김뢰하)이 조선 관군의 명령에 따라 여진족 파저위가 사는 지역에 거짓 소문을 퍼뜨리기 위해 떠나면서 본격적인 이야기가 시작된다.

아버지가 없는 사이 어머니의 병이 악화되자, 어린 아신(김시아)은 사람의 출입이 통제된 폐사군 지역에서 우연히 발견한 생사초를 구하러 간다. 그사이 타합의 밀정 짓을 알게 된 파저위가 부락에 찾아와 아신에게는 가족과도 같은 부락민들을 몰살한다. 이제 아신은 혼자다. 가족도 동족도 잃은 아신이 기댈 수 있는 쪽은 복수의 대상인 여진족 파저위의 적, 조선이다. 성내의 온갖 궂은일을 하면서 몰래 무술 실력을 쌓아가며 어른이 된 아신은, 어느 날 자신이 겪은 비극의 비밀을 알게 된다. 진실을 발견한 아신은 누구에게도 부탁하지 않고 자신의 손으로 세계 전부를 파멸시키기로 한다.

〈킹덤: 아신전〉은 생사역(生死疫, 살아 있지도 죽어 있지도 않은 상태로 인육을 탐하는 괴물이 되는 전염성 질병)이라는 이름의 독자적인 조선 좀비가 등장하는 세계관을 구축하며 넷플릭스의 한국 오리지널 작품 중 처음으로 세계적인 성공을 거둔 〈킹덤〉의 이야기에서 파생된 스핀오프 작품이다. 세 번째 시즌으로 가기에 앞서 김은희 작가는 〈킹덤: 아신전〉을 통해 오리지널 시리즈가 남긴 두 가지 숙제를 푼다. 죽은 사람을 되살리지만 생사역으로 만드는 식물인 생사초가 어떻게 조선 땅에 퍼지게 되었는지, 그 시초를 찾아 알려주면서 두 번째 시즌의 마지막 장면에 등장한 아신을 소개하는 것이 첫 숙제다. 그 다음은 여러 장치에도 불구하고 결국 왕족이 민초를 구하는 이야기로 남아 있던 〈킹덤〉의 두 시즌이, 새로운 장으로 넘어갈 수 있는 기반을 마련하는 것이다. 그래서 아신이 어디의 누구인가는 정말 중요하다. 아신이 출연하기 이전까지 〈킹덤〉의 세계는 있는 그대로 조선이라는 왕국이었다. 극 중에서 처음으로 생사역이 되는 존재가 조선의 왕이라는 점, 인간의 욕망이 충돌하다가 운명이 얽히면서 왕실의 대(代)가 다른 혈통으로 이어지는 사건 등을 통해 선택된 가문이 통치하는 봉건 세계의 질서에 의문을 던지긴 하지만, 그렇다고 해서 세계를 구원하는 역할이 왕의 아들에게 부여된 상황은 바뀌지 않는다. 의녀 서비(배두나)가 역병을 치료할 생사초의 비밀을 발견하고 지혜롭게 위기를 헤쳐나간다고 해도, 그는 세자 이창(주지훈)에게 도움을 주는 사람일 뿐이다. 탄생부터 힘을 가졌던 이가 웅성거림만을 언어로 얻는 백성을 구한다. 작품의 공적은 감히 선택받지 못했음에도 나라를 집어삼키려는 반역의 해원 조씨 가문이며, 조선과 세자를 지키기 위해 목숨을 거는 양반들만이 충신의 이름으로 감동적이고 극적인 장면을 차지한다. 무서운 속도로 달리며 공멸을 향해 액셀러레이터를 밟는 생사역이 동아시아의 좀비로서 신선한 인상을 준다 해도, 이 구도는 특별할 게 없었다.

아신의 등장에 이르러, 〈킹덤〉의 세계는 확장되고 전복될 기회를 얻는다. 아신은 어디의 누구도 아닌 존재

이며, 무엇보다 세자가 구하고자 한 조선의 백성조차
아니다. 계급 사회의 꼭대기에 있는 남성이 '나의 나라'
를 구하려는 이야기가 가장 낮은 계급의 여성이 '나를
제외한 모두의 세계'를 파멸시키려는 이야기와 만난다.
여기서 이야기는 또다시 시작될 수 있다. 단순히 드라
마 속 배경 세계만 물리적으로 범위를 넓힌 것이 아니
라, 세계를 지탱하던 가치관이 바뀌었기 때문이다. 이야
기를 더 멀리 보내기 위한 완벽한 도움닫기이자 유연한
방향 전환이다. 처음부터 아신의 땅인 북방의 이야기를
하고 싶었고, 이야기는 이제 시작일 뿐이라는 김은희
작가의 큰 그림을 눈에 담을 날이 기다려지는 이유다.

전지현이라는 배우의 존재감은 이 작품에 마침표를
찍는다. 오리지널 시리즈에 비교해서도 압도적으로 어
두운 분위기 속에서 생사역이 사람을 먹고 찢어 죽이는
화면이 끊임없이 이어지는 순간에도, 전지현의 아신이
등장하기를 기다리게 된다. 눈앞의 생지옥을 끝내줄 구
원자를 기다리는 마음과는 다르다. 지옥을 탄생시킨 자
가 더 확실하게 이 세계를 파멸시키기를. 세자의 세계
에서는 굶다 못한 백성들이 육식을 탐하다가 같은 종

의 살을 먹고 생사역이 되며, 이들을 굶게 한 권력자가 비통한 마음으로 민초를 구원하려 한다. 아신은 세자와 다르다. 아신의 세계에서 생사역이 된 이들은 마땅히 벌을 받아야 하는, 지옥에 떨어져야 하는 인간들이다. 이방인을 착취하고 폭력을 일삼아도 죄가 되지 않는 세상에서 아신의 피를 빨아먹었던 자, 한 마을을 몰살시켰음에도 책임을 지지 않은 자들이 죽지 못하고 서로를 뜯어먹는 벌을 받는다. 진실을 알게 된 아신은 불처럼 폭주하지도, 얼음처럼 차갑게 얼어버리지도 않는다. 가장 잔인하고 확실한 파멸을 바라며 조선 땅을 지옥으로 만들기로 한 아신의 결정은, 몇 마디 대사 없이 전지현의 표정과 눈빛을 통해 설득된다. 하지만 전지현이 연기하는 아신의 이야기를 보기 위해서 봐야만 하는 생사역들 간의 먹고 먹히는 싸움 장면이 지나치게 길다는 것이 어떤 의미인지, 또한 사람이 아닌 존재라고 간주하기로 약속했지만 여전히 사람의 꼴을 갖추고 있는 생사역들이 사지가 찢기고 서로를 잡아먹으며 고깃덩어리로 취급되는 장면을 화면 속 스펙터클로 소비해도 되는 것인지는 좀 더 고민해보아도 좋겠다.

마지막으로 무엇 때문에 아신의 이야기가 시작되었는지를 되짚어보고 싶다. 왜 아신은 생사초를 찾아내야 했던 것일까? 어머니가 아팠기 때문이다. 그렇다면 의원을 부르면 되지 않는가? 의원은 성저야인의 부락에 오지 않는다. 조선 땅에서 이들은 살려야 할 가치가 있는 사람이 아니기 때문이다. 여진족의 복식을 하고 그 문화를 유지하고 있지만, 이들은 여진족이 아니다. 조선 땅에 살고 조선 말을 하기 때문이다. 하지만 정확히 반대의 이유로 이들은 조선 사람 또한 아니다. 어디에도 소속되지 못하고 그래서 누구의 도움도 받지 못하는 이방인을 향한 멸시와 혐오가 이 이야기를 싹 틔웠다. 아무 죄도 없는 내 가족, 내 이웃이 우리의 존재를 외면한 거대한 두 세계의 이해관계 때문에 도륙되었음을 알게 되었을 때, 아신이 똑같은 방식으로 세계를 파멸시키고자 나아가는 것은 매우 자연스러운 귀결이다.

이쯤이면 다들 눈치챘겠지만, 아신이 당하는 차별과 혐오, 폭력은 21세기 대한민국에서도 흔히 볼 수 있는 종류의 것이다. 이민자를 차별하고, 타국의 국적을 가진 채로 한국에 거주하는 이들을 차별하고, 이들도 인종과 국적에 따라 다시 선을 나누어 차별하고, 차별하면서 혐오한다. 고민도 생각도 없이 추방과 분리를 말하는 이들에게, 아신이 겨눈 활이 어디로 향했는지를 꼭 알려주고 싶다. 아신은 인간을 인간으로 여기지 않고 차별하며 멸시하고 괴롭혀온 사람들, 특히 젊고 가진 것 없는 사람을 향한 폭력을 당연하게 여겼던 권력과 남자들의 세계 한복판으로 불화살을 쏘았고, 모두 불태웠다. 다시 시작된 〈킹덤〉의 이야기에서, 나는 아신의 편이다.

그 여자들은
다 어디로 갔을까

〈조용한 희망Maid〉

"대학에 가려는 싱글맘에게 돈을 걸 사람은 드물 것이다. 하지만
그들은 모른다. 어떻게 여기까지 왔는지. 300개 하고도 38개의
변기 청소와 일곱 가지 정부 지원. 아홉 번의 이사, 페리 선착장
바닥에서 하룻밤, 그리고 내 딸 인생의 세 번째 해 전부."

내 인생의 첫 기억은 사건이라기보다는 풍경이다. 내가 세 돌, 한국 나이로 네 살이 되기 직전에 살았던 연립 주택의 한 칸짜리 지하 방으로 내려가는 시멘트 계단을 비추던 봄볕을 기억한다. 그 집 주변을 돌며 주소를 끊임없이 옮기던 서너 해 동안 보고 들은 것들이 내 인생의 첫 시퀀스가 되었다. 입던 옷이 작아지고, 몸을 둘러싼 공기의 온도가 끊임없이 달라지고, 세상을 올려 보던 시선의 각도가 점점 낮아지면서 계절이 바뀌고, 시간이 흐르고, 내가 자라고 있다는 걸 감각했던 시절이다. 영화나 드라마로 만들면 대사 없이 이어 붙인 장면들로 넘어갈 수도 있는 그 시기에, 유난히 잊히지 않는 장면이 하나 있다. 한겨울, 많아도 여덟아홉 살 정도 되었을 어린 남자아이가 연립 주택의 바깥 계단에 웅크리고 있다. 팬티 한 장만 입은 아이는 몸에 닿는 찬 바람을 피하기 위해 몸을 공처럼 말고 있고, 원 아래 툭 튀어나온 작은 발은 얼어서 새빨갛다. 엄마는 그 아이를 잠시 우리 집에 데려가려고 하지만, 아이는 아버지에게 혼난다는 이유로 거절한다.

이후에도 몇 번이나 그런 일이 있었다. 가끔 아이의 엄마가 함께 나와 있는 모습을 보기도 했다. 그 장면이 의미하는 바를 알게 된 건, 꽤 오랜 시간이 지난 뒤의 일이다. 언젠가 엄마에게 그 일을 기억하는지 물은 적이 있다. 엄마는 그 시절에는 그런 일이 흔했다고 답했다. 그보다 더 전에는 벌거벗은 채로 쫓겨난 어떤 여자와 아이를 숨겨준 적도 있다는 이야기도 덧붙였다. "정말 야만적인 시대였지." 시대였을까. 그 모든 일을 과거형으로 말해도 괜찮은 것일까. "그 여자들은 다 어디로 갔을까?" 질문도 혼잣말도 아니었던 나의 중얼거림에 엄마도 질문으로 답했다. "아마 집으로 돌아갔겠지?"

확률적으로는 그렇다. 가정 폭력을 경험한 여성은 평균 일곱 번, 다시 가해자가 있는 공간으로 돌아간다고 한다. 넷플릭스 시리즈 〈조용한 희망〉이 알려준 통계다. 함께 살던 남자 친구가 딸을 안고 있던 자신의 머리 쪽으로 유리컵을 던진 밤, 이미 금이 가 있던 알렉스(마거릿 퀄리)의 세계는 산산이 부수어진다. 강렬하게 머릿속을 울리는 위험 신호에 세 살 딸과 함께 무작정 집을 나오지만, 머물 곳도, 믿을 만한 사람도, 돈도 없다. 추위와 공포 속에 겨우 하룻밤을 보내고 사회 복지사를 찾아가 도움을 요청하자, 복지사는 알렉스에게 묻는다. "가정 폭력을 당했나요?" 알렉스는 주저한다. 내가 당한 일은 어떤 일이지? 내 경험은 어떤 단어로 부를 수 있지? 지난밤의 일이 '진짜 학대'는 아니라고 말하는 알렉스에게 복지사가 다시 묻는다. "가짜 학대는 뭐죠? 위협? 협박? 조종?" 자기에게 벌어진 일이 본능적으로 위험한 일이고 폭력임을 감지했지만, 이를 명확한 언어로 표현하지 못하고 어떤 말을 해야 하는지도 모르는 알렉스에게, 복지사는 그가 해야 할 말을 알려준다. "도와주세요."

〈조용한 희망〉은 가정 폭력으로부터 도망쳐 나온 한

젊은 여성이 "도와주세요"라고 말한 그날부터 다시는 과거로 돌아가지 않기로 한 날까지 경험한 세상을 담은 작품이다. 청소는 대학 졸업장도, 이력서에 쓸 경력도 없는 여성이 지금 당장 시작해 노동을 했다는 증명서를 얻을 수 있는 몇 안 되는 임금 노동이다. 타일 사이 낀 때를 지우는 방법을 유튜브 영상으로 찾아보면서, 알렉스는 딸과의 생존을 위한 길고 고통스러운 싸움을 시작한다. 가장 큰 문제는 돈이다. 그리고 서류다. 당장 오늘 밤에 잠들 공간을 찾고 오늘 저녁에 먹을 음식을 사기 위해서는 돈이 필요하다. 돈이 없는 알렉스가 국가의 지원금을 받기 위해서는 서류가 필요하다. 서류를 만들기 위해서는 노동을 하고 있다는 증명이 필요하고, 필요한 서류의 개수는 끝도 없이 늘어난다. 서류가 아무리 늘어나도 돈은 무서운 속도로 줄어든다. 알렉스가 이동하고, 일에 필요한 물품을 사고, 식사를 할 때, 곧 그저 살아가기만 해도 알렉스 옆의 숫자가 줄어들어 0을 향해 가는 것을 보고 있으면 내 숨통이 조여드는 것만 같다.

이 시리즈에서 묘사하는 빈곤층 가정 폭력 피해자의 현실은 매우 구체적이다. 친밀한 상대에게서 지속적인 폭력을 경험하다 보면 사고 회로가 마비되고 자아를 잃게 된다. 피해자이며 수혜 대상자인 개인에게 자신이 처한 빈곤과 불행을 서류로 증명하기를 요구하는 정부 지원 제도의 허점과 부실한 사회 안전망은 알렉스가 겪는 모든 일로 설명된다. 이런 묘사가 가능했던 이유는 〈조용한 희망〉의 원작이 르포르타주 에세이기 때문이다. 폭력을 일삼던 딸의 생부 곁을 스물여덟 살 때 탈출한 스테퍼니 랜드는 6년 동안 가정집 청소부로 일했다. 이후 한 대학의 문예창작과에 입학해 이 시기의 경험을 글로 쓰면서 작가가 되었다. 이 글을 모은 책이 바로 《조용한 희망: 진짜 이름을 찾기 위한 찬란한 생존의 기록Maid: Hard Work, Low Pay, and a Mother's Will to Survive》이다. 드라마에서 알렉스가 어디에나 들고 다니는 노트에 써나갔던 이야기가 이 책이 되었을 거라고 상상하면, 이 작품이 묘사하는 현실은 우리가 살아가는 세상과 좀더 단단하게 붙는다.

책이 작가 개인이 겪은 사건과 감정을 중심으로 진행된다면, 영상에서는 주인공과 주변 사람들과의 각색된 관계가 중요한 요소로 부각된다. 벗어나려고 애를 써도 빈곤과 폭력의 대물림에서 탈출하기란 쉽지 않다. 폭력의 공간인 집을 떠난다고 해서, 혈연으로 이어진 사람들과 떨어져 산다고 해서 끊어지는 고리가 아니다. 자신 또한 가정 폭력의 피해자였지만 이를 인정하지 않는 엄마는 심각한 조울증과 충동적인 행동으로 안 그래도 버거운 알렉스의 삶에 계속 문제를 더한다. 딸의 생부인 전 남자 친구는 어린 시절 어머니에게 학대를 당했고 그로 인해 중독 문제가 생긴 피해자이면서, 지금은 알렉스와 딸을 학대하는 가해자다. 딸이 다시는 나와 같은 일을 겪지 않게 하려는 알렉스의 분투는, 그래서 단순히 '위대한 모성'으로 요약될 수 없다. 알렉스는 자신의 대에서 빈곤과 학대의 지독한 고리를 끊어내고 싶은 것이다. 지금까지의 경험이 딸에게 물려줄 유산이 되어서는 안 된다는 바람을 현실로 만들기 위해, 알렉스는 청소하고, 또다시 서류를 작성하고, 잠을 줄여가며 공부하고 글을 쓴다. 어디로든 다시 돌아가지 않기 위해서.

그러나 이 시도는 번번이 실패로 돌아간다. 알렉스가 충분히 노력하지 않아서가 아니다. 오늘 일하지 않으면 오늘 먹을 수 없는 사람, 단 하루만 쉬어도 이번 달 가계부에 마이너스가 찍힐 수도 있는 사람, 지금 느끼는 극단적인 피로와 고단함, 그리고 외로움을, 폭력의 가해자가 곁에 있던 순간의 물리적 온기와 비교하면서 매일 진저리 쳐야 하는 사람에게는 더 이상 버틸 수 없는 임계점이 반드시 찾아온다. 오늘 이후의 내일, 이번 주 이후의 다음 주, 다음 달을 상상할 수 없고 계획할 수 없는 삶은 어디에도 뿌리를 내릴 수 없다. 스테퍼니 랜드는 그 순간의 감정을 책에 이렇게 쓴다. "걷고 있지만 발에 땅을 제대로 디디지 않은 기분이었다. 작은 산들바람이라도 불어오면 몸 전체가 날아가버릴 것만 같았다."

알렉스의 잘못이 아니다. 발을 헛디디면 낭떠러지 아래로 떨어지고, 바람이 불면 날아가버릴 수 있는 세계에 살기 때문에, 알렉스가 번번이 실패하게 되는 것이다. 돌아가는 것이 아니라 끌려가는 것이다. 아주 작은 행복 후에 이 모든 걸 뒤덮어버리는 불행을 어김없이 맞이하며, 더 나은 삶과 새로운 내일에 대한 희망을 잃어버린 알렉스도 전 남자 친구의 트레일러로, 딸의 머리에 유리 파편이 쏟아졌던 그곳으로 다시 끌려간다. 알렉스는 거기에서 영혼이 숨어 있을 깊은 구덩이를 파고 들어간다. 가장 안쪽 깊은 곳에 숨어 있으면, 자신의 목소리조차 닿지 않는다. 딸에게 다른 인생을 보여주고 싶고, 이곳을 벗어나야만 살 수 있다는 마음의 소리마저 고요히 잦아든다. 그런 알렉스에게 손을 내밀어 기어코 세상 밖으로 꺼내주는 건, 자기 힘으로 서 있을 때의 알렉스를 알고 있는 또 다른 여자들이다.

〈조용한 희망〉에는 각기 다른 인종, 계급, 사회적 위치, 나이의 여성들이 다양하게 등장한다. 알렉스는 청소를 하면서 집 밖에서 만났더라면 알 수 없었을 여자들의 복잡한 사연과 마주친다. 인간은 살아 숨 쉬기만 해도 먼지를 만들어내고, 몸과 마음이 닿는 모든 공간에 자신의 흔적을 남기며, 자신이 어떤 사람인지에 대한 증거를 집 안에 진열해놓고 살아가는 생명체다. 서랍장의 약통, 침대맡의 잡지, 화장실을 쓰는 방식, 쓰레기의 종류, 곳곳에 붙여둔 사진으로 이들의 삶을 상상해보곤 했던 알렉스는, 가끔 실제의 고객들과 마주치곤 했다. 쉽게 청소기 같은 존재가 되는 알렉스 앞에서 그들은 약한 모습, 부족한 모습을 드러내기도 한다. 홀로 모든 것을 견딜 만큼 충분히 강한 인간은 세상에 없다. 처음 쉼터에 간 날 좌절에 빠져 카펫에 누워 있는 알렉스를 일으켜 세워 지금 해야 할 일을 하게 도와줬던 대니얼은 학대하는 남편에게로 다시 돌아갔다. 청소 급여를 지불하지 않아서 알렉스를 곤경에 빠뜨렸던 레지나는 대리모를 써서 아이를 가졌는데도 남편과 이혼해야 하는 상황에 처해 있었다. 모두 약하다. 그렇기 때문에 이들은 서로를 돕는다. 대니얼은 알렉스에게서 자신을 보았기 때문에, 레지나는 알렉스에게서 작지만 아주 중요한 도움을 받아왔기 때문에, 알렉스에게 손을 내민다. 아이를 달랠 조랑말 인형을 건네는 일, 육아에서 벗어나 낮잠을 잘 수 있는 30분의 시간을 만들어주는 일이 때로 사람을 구한다. 알렉스는 이들과의 만남을 통해 개인의 인생이 얼마나 각기 다른 모양을 하고 있는지, 인간과 인생이 얼마나 복잡하고 또 요약할 수 없는지를 알아간다. 완전히 타인인 줄로만 알았던 주변의 여자들 덕분에 알렉스는 자기 자신이 될 수 있었다. 이들에게 도움을 받았을 뿐만 아니라 주기도 했기 때문이다. 모두

약하기에 서로를 돕는 것. 이게 바로 평범한 사람들이 하는 위대한 일이고, 조용하게 우리 곁에 있는 희망이다.

스테퍼니 랜드가 자신의 이야기를 쓰지 않았다면, 가난한 싱글맘이 자기 자신으로 홀로 서고 존엄을 지키며 살아가려는 이야기를 드라마 시리즈로 만나기 어려웠을 것이다. 여성이 자신의 목소리로 자신의 이야기를 하는 일의 힘은 얼마나 조용하게 강한가. 〈조용한 희망〉은 여성이 자기 삶의 저자가 되기 위해서는 돈과 방, 그리고 또 다른 여성들의 도움이 필요함을 알려주는 작품이다. 하지만 이게 전부는 아니다. 폭력과 빈곤의 문제가 개인의 노력과 타인의 선의로 해결될 수 있다면, 사회 문제라고 말할 이유가 없다. 평범한 개인이 서로를 돕는 작은 기적이 많아지려면, 더 큰 도움의 손길이 기적이 아닌 제도로서, 복지로서 개인에게 닿아야 한다. 알렉스가 겪은 일이 개인에게 벌어지지 않을 수 없다면, 그 일이 벌어진 이후에 만날 세상은 지금보다는 여성과 아이에게 덜 가혹한 곳이어야 한다. 당연히 미국만의 일이 아니다. 지난 5년간 교제 폭력이 두 배 증가하고, 친밀한 관계의 남성에게 살해당한 여성과 관련한 기사가 잊히기도 전에 반복되는 한국 사회에는 '조용한 희망'이 더욱 필요하다.

　이 작품을 보면서 어린 시절, 새빨갛게 얼어 있던 이웃집 아이의 발을 다시 떠올리게 됐다. 지금이라면 그 아이를 지나치지 않을 텐데. 〈조용한 희망〉의 매 회 마지막 장면에는, 자막이 올라가기 전에 이런 문구가 먼저 나온다. '여러분이나 여러분이 아는 사람이 가정 폭력을 경험했다면 여기서 도움을 구하세요.' 알렉스를 피해자로서, 피해를 극복하고 내 삶을 살아갈 한 인간으로서 살아나가게 만든 "도와주세요"라는 말은, 피해자의 말이기만 한 것이 아니다. 피해를 발견하고 또 눈치챈 사람들이 소리 없이 듣게 되는 말이기도 하다. 어렸던 내가 의미를 몰라서, 젊었던 엄마가 방법을 몰라서 마무리하지 못한 도움의 손길을, 몰라서 건네지 못하는 일이 다시는 없기를 진심으로 바란다. '조용한 희망'은 그 손길과 함께 오기 때문이다. 한국의 여성긴급전화는 국번 없이 1366이다.

두려워하지 않으므로
망가질 수 없는 세계

〈아이 메이 디스트로이 유 I May Destroy You〉

"규칙도, 명확함도, 법도, 구분도 존재를 잃는 그곳에서

우리가 폭력이라고 부르는 게 정확히 무엇인지

보여줄 거라고요."

'트리거 워닝Trigger warning'이라는 단어가 있다. 콘텐츠의 특정 소재가 비슷한 이유로 심리적인 외상을 입은 사람들을 자극하거나 트라우마를 건드릴 가능성이 있을 때, 내용이 시작되기에 앞서 주의가 필요함을 전달하는 경고문을 의미한다. 넷플릭스 시리즈 〈루머의 루머의 루머13 Reasons Why〉가 청소년 자살과 성폭력 문제를 다룬 방식 등과 관련해 비판을 받자, 뒤늦게 '트리거 워닝' 문구를 삽입하기도 했다. 최근에는 이런 경고 문구가 오히려 시청자에게 정서적 충격을 유도하기 때문에 무의미하다는 의견도 있지만, 폭력이나 범죄에 관한 현실적인 묘사가 등장하는 콘텐츠의 경우 간단한 언급이 필요하다는 쪽으로 의견이 기우는 추세다. 모든 사람이 콘텐츠를 보기에 앞서 꼼꼼하게 내용을 확인하거나 관련된 정보를 찾아보지는 않기 때문이다. 아무런 배경지식 없이 콘텐츠를 보다가 과거의 나쁜 기억이나 상처가 되살아나는 일을 경험하는 것보다는, '그런 일이 벌어질지도 몰라'라는 인식이 우선되는 것이 낫지 않은가. 인간의 기억이나 생각은 화면을 끈다고 해서 꺼지지 않는다.

웨이브에서 시청 가능한 영국 BBC 드라마 〈아이 메이 디스트로이 유〉에 관한 이야기를 시작하기에 앞서 '트리거 워닝'을 전달하려고 한다. 이 작품은 성적 폭력, 학대, 가스라이팅, 약물 중독과 같은 경험을 했거나 이와 관련된 심리적 문제가 있는 시청자의 경우 시청이 어려울 수 있다. 특히 남성이 가해자인 사건을 겪었다면 더 복잡하고 예민한 반응이 발생할 수 있다. 단, '트리거 워닝'의 목적이 주의가 필요한 감상자와 콘텐츠를 상호 차단하는 데 있지 않다는 사실을 기억했으면 한다. 〈아이 메이 디스트로이 유〉는 이 주의 사항을 확인한 뒤 불길한 예감이 들고, 불안한 감정이 요동치고, 이런 이야기를 만나기 위해 큰마음을 먹어야 하는, 바로 그런 사람에게 가장 필요한 작품이다. 믿어도 좋다. 이 드라마를 보는 동안 수십 번의 멈춤과 간헐적 심호흡이 필요했던 나 또한 그런 사람이므로.

런던에 살고 있는 작가 아라벨라(미카엘라 코얼)는 두 번째 책의 초고를 마감 중이다. 글이 잘 써지지 않는 밤, 친구들이 술 한잔하자며 부르자 아라벨라는 참지 못하고 바를 찾는다. 술자리에 들른 지 얼마 지나지 않아 그 밤의 기억은 암전된다. 다음 날 아침, 이마가 찢어진 상태로 피를 흘리며 정신을 차린 아라벨라는 아무래도 좋지 않은 예감을 느낀다. 아라벨라는 기억 속 조각난 장면들을 조립해 지난밤의 일을 알아내려 한다. 하지만 어떤 기억도 정확하지 않다. 확실한 건 단 하나. 그 밤에 누군가가 아라벨라의 술에 정신을 잃게 만드는 약을 탔고, 이후 아라벨라가 강간을 당했다는 사실이다.

〈아이 메이 디스트로이 유〉는 그 밤의 기억을 되살려 강간범을 잡으려고 하지만 동시에 그 기억에서 간절히 벗어나기를 원하는 아라벨라의 쉽지 않은 여정을 따라간다. 아라벨라가 그 순간의 기억을 잊은 것은 약 때문이기도 하지만 감당할 수 없는 고통을 지워버리려는 뇌의 한 작용이기도 하다. 아라벨라는 머릿속에서 반복 재생되는 피해의 순간을 자신의 시점으로 묘사하면서도, 첫날에는 상황을 정확히 인지하지 못한다. 떠오르는 장면이 실제로 벌어진 일인지, 상상 속에서 만들어낸 이미지인지도 확신할 수 없다. 그 장면에 담긴 의미를 이해하는 순간 성범죄의 피해자가 된다는 것을, 아라벨라의 무의식은 알고 있다. 그 일이 실제로 벌어졌다면 많은 것이 달라지리라는 것을 알기에, 확인하고 싶지도 인정하고 싶지도 않은 것이다. 두려움이 예고한 대로 강간이 벌어졌다는 사실을 인정한 이후부터, 아라벨라의 삶은 분명히 변한다. 일부는 이미 망가졌고, 어떤 부분은 서서히 망가져 갈 것이다. 그러나 아라벨라가 미처 알지 못했던 것은, 자신에게 벌어진 일을 인정한 뒤 망가져가는 나의 일부가 아니라 회복을 위해 끝없이 싸울 수 있는 나머지 일부였다. 아라벨라는 회복을 위해 애쓰면서 곁에 머물며 힘이 되어주는 친구들과 함께 자신만의 결론을 찾아 나아간다. 누군가 나를 파괴할지도 모를, 어쩌면 이미 파괴되었을지도 모르는 상황을 되짚어가는 여정. 그 끝에 도달하여 아라벨라는 생존자인 자신의 의지와 힘으로 마침내 상대를 파괴하게 될까? 그것은 개성 있고 기발한 동시에 위험하고 불안한, 그래서 용감한 아라벨라의 남은 길을 우리 역시 함께 걸어야만 알 수 있는 이야기의 끝이다.

아라벨라를 연기한 미카엘라 코얼은 이 작품의 프로듀서이자 작가이며 모든 에피소드를 쓰고 연출했다. 코얼은 아라벨라가 되어 성폭력 생존자가 겪는 감정의 변화를 세밀하게 묘사하면서, 현대 사회에서 생존자를 피해자로만 바라보는 방식이나 생존자가 겪게 되는 일을 현실적이되 독창적으로 보여준다. 아라벨라의 한 부분은 사회의 기준에서 '전형적인' 성폭력 생존자의 모습과 비슷하지만, 또 다른 부분은 전혀 그렇지 않다. 코얼은 아라벨라가 원래 어떤 사람이었는지를 보여주는 일을 두려워하지 않는다. 술을 좋아하고, 즐기기 위해 스스로 약을 먹기도 했으며, 자유롭게 사람을 만나고 관계를 맺으며 지내던 아라벨라의 모습을 사건 이후에 보여준 뒤, 이를 질타하는 한 남자를 통해 묻는다. 아라벨라가 술과 유흥에 대해 가지고 있는 태도가 강간이라는 범죄를 '당해야 하는' 이유가 될 수 있는가? 아라벨라가 겪은 일은 명백한 범죄이고, 아라벨라가 피해자이며 생존자인 것을 모두 알고 있다. 아라벨라도 안다. 하지만 정말 알고 있고, 믿고 있다고 해서, 그것이 과연 진실일까? 생존자의 공포와 불안을 드러내 보여주면서, 코얼은 쉽지 않은 이야기를 이어간다. 다양하고 복잡한 층위의 관계와 맥락이 얽힌 이 문제를 도대체 어떻게 풀어가야 할까? 술을 마셨다고, 평소의 행실을 문제 삼아, 범죄 원인을 제공했다는 비난을 받고, 자신의 경험과 고통이 사회적 기준에서 용인되는 수준의 피해인지를 검열하게 되고, 피해 사실을 알린 뒤에도 의심받고 낙인이 찍히고 마는 생존자의 고통을 어떻게 담아낼 수 있을까? 〈아이 메이 디스트로이 유〉는 복잡한 일을 복잡하게 이야기하고, 생존자가 스스로 풀어가는 길을 택한다.

아라벨라는 극 중에서 두 번 강간을 당한다. 처음은 아라벨라의 기억 속에 끊임없이 상기되는 '그날 밤', 기억이 없는 상태에서 상대에게 강간을 당한 일이다. 두 번째는 아라벨라의 책 집필을 도와주던 동료에 의해서

다. 관계 중에 콘돔을 제거한 그는 일부러 콘돔을 뺀 것이 아니라고 주장하며, 오히려 아라벨라에게 정말 몰랐느냐고 되묻는다. 아라벨라는 혼란스러운 상태로 방금 전 벌어진 일이 단순한 사고였다고 치부한다. 우연히 듣게 된 팟캐스트에서 남성이 성관계 중 콘돔을 제거하는 행위가 '스텔싱 범죄'임을 알고 나서야, 아라벨라는 자신이 겪은 일이 사고가 아닌 사건이었음을 깨닫는다. 누군가의 입을 통해 "강간이에요"라는 답을 들은 뒤에야 아라벨라는 자신이 겪은 일과 그 일을 벌인 상대를 정확한 이름으로 명명할 수 있게 된다. 강간과 강간범. 가스라이팅과 정서적 학대. 다 온 것 같지만, 이제 시작일 뿐이다. 이런 경험은 지극히도 조용하고 너무도 강렬해서 개인의 일상이나 관계를 서서히, 그리고 순식간에 압도한다. 아라벨라 역시 변해버린 일상과 변해버린 나를 감당해야 하는 상황에 놓인다.

강간 사건 이후 아라벨라는 모든 사건과 관계에서 가해와 피해를 구분하고 선을 그으려고 한다. 아라벨라는 강간을 당하기 전까지는 흑인이며 빈곤한 환경에서 성장한 자신의 인종, 계급적 정체성을 가장 중요하게 생각하는 사람이었다. 그러나 그날 이후, 아라벨라는 여성으로서 자신의 위치와 상황을 선명히 자각하게 된다. 그리고 아라벨라의 세상이 바뀐다.

"고통받는 여성으로의 삶을 스스로 정말 이해하고 있는가?" 이 질문은 여성으로서의 삶을 자각하게 되는 모든 여성에게 반드시 찾아온다. 하지만 여기에서 '여성으로서'에 '포함되는' 여성은 어디까지이고, 그 선을 반드시 그어야만 하는가, 라는 의문도 함께 찾아온다. 아라벨라는 이 질문에 분명하게 선을 긋는다. 선을 긋지 않으면 이미 바뀌어버린 세계에서 나의 자리가 없는 것처럼 느껴지기 때문이다. 자신은 피해자이고 여성이며 옳은 이야기를 하고 있다고 믿는 아라벨라의 강한 신념은 주변 사람들에게 크고 작은 상처를 입히지만, 아라벨라는 멈추지 못한다. SNS의 사람들은 아라벨라에게 투사가 되기를 요구하고 그녀는 휩쓸린다. 상담사는 자신의 경험과 여성으로서의 위치를 앞세워 친구를 비난하는 아라벨라에게 이렇게 말한다. "정상과 비정상의 기준은 없어요." 나쁜 것과 좋은 것, 친구와 적, 여자와 남자, 흑인과 백인, 그들과 우리, 가해자와 피해자, 신과 악마 같은 것이 뚜렷한 선으로 구분되는 세계에서, 인간은 내가 속하지 않은 나머지를 회피해버리거나, 이해하지 않으려고 한다. 하지만 이 선을 지우지 않고, 혹은 이 선을 내 안으로 들여놓지 않고서 세계와 나, 내가 겪은 일을 이해하는 것은 불가능하다. 선을 긋지 않고, 뒤섞인 것은 뒤섞인 대로, 모순되고 어긋난 것 역시 그대로 보여주면서 〈아이 메이 디스트로이 유〉는 질문한다. 열어보지 않고 침대 밑에 숨겨둔 이야기를 왜 해야 하는지, 그리고 우리는 그 이야기를 왜 만나야 하는지를.

〈아이 메이 디스트로이 유〉는 선을 긋고 세계를 단순하게 바라보려는 아라벨라의 시도를 보여주면서, 이야기를 통해서도 같은 시도를 한다. 아라벨라의 경험은 이성애자 여성이 겪게 된 일을 보여주지만, 아라벨라의 친구 콰미(파파 에시에두)가 동성 강간의 피해자로서 겪는 경험은 또 다른 층위로 전개된다.

남성으로서 콰미가 가진 권력을 지적하고 선을 그으려던 아라벨라는 자신이 경험한 폭력으로 인해 스스로가 여성과 남성, 가해자와 피해자로만 세상을 바라보고 있음을 깨닫는다. 보고 있는 우리는 그 너머를 깨닫는다. 모든 사람에게는 저마다의 상황과 입장이 있고, 누구도 내가 아닌 다른 누군가의 위치에 서서 세상을 바라볼 수 없다는 진실. 성폭력과 학대, 가스라이팅, 인종간 갈등과 젠더 문제, SNS와 정신 건강 같은 첨예한 문제를 입체적으로 바라보고자 하는 〈아이 메이 디스트로이 유〉는 그 어느 작품보다도 현재형이다.

아라벨라는 혼란스러운 기억과 쏟아지는 감정을 감당하기 벅찰 때면 중얼거린다. "세상에는 굶주리는 아이들이 있다. 시리아는 내전 중이다. 모두에게 스마트폰이 있는 건 아니다." 세계에서 벌어지는 거대한 비극과 내가 겪은 고통을 비교해서 자신의 것을 한없이 작게 만드는 전략이다. 아라벨라의 말을 들은 상담사는 이렇게 말한다. "때때로 큰 그림을 보려고 노력하다 보면 작은 그림에 대한 시야를 완전히 잃어버리게 되죠. 여기서 작은 그림은 당신이에요." 아라벨라의 얼굴을 한 미카엘라 코얼은 다른 방식으로 이야기되어야 할 큰 그림 대신에 작은 그림을 들여다보기로 한다. 바로 '나의 이야기', 〈아이 메이 디스트로이 유〉다. 그러니까, 이 작품은 작은 그림을 통해 무한히 펼쳐지는 하나의 세계이며, 지금까지 누구도 같은 방식으로 전해준 적 없던 한 여성이 뚫고 지나온 '파괴'와 '회복'의 경험이다.

지나치게 주의가 많은 것 같아 망설여지지만, '스포일러 주의'의 메시지와 함께 마지막 이야기를 전해야 할 것 같다. 미카엘라 코얼은 이 작품의 초고만 191번 썼다고 하니 얼마나 많은 길이 있었을지 알 수 없는 이 작품의 종착지, 결말은 어떻게 포장하려 해보아도 시청자가 기대하는 것이라고는 말하기 어렵다. 하지만 끝까지 보기만 한다면, 그것이 마땅히 닿아야 하는 끝이라는 것을 절로 알 수 있다. '트리거 워닝'을 보고 시위가 '당겨진' 기억을 마주하며 이 이야기를 열었던 나와 당신은, 성폭력 생존자가 몇 번이고 쓰고 고치고 상상하고 수정했을 이 끝이 비로소 우리가 다 지나왔거나, 지나왔어야 했던 길임을 깨닫게 된다. '그때 내가 이렇게 행동했다면', '그때 이런 걸 하지 않았다면'으로 끊임없이 고쳐 쓰여 마주해야 했던 그 끝 말이다.

아라벨라가 찾아간 성폭력 피해 생존자 모임에서는 서로의 경험을 공유하기에 앞서, 이런 통계를 언급하며 대화를 시작한다. 학대와 착취는 여성 중 50%가 겪는 일이고, 재판 중 89%가 무죄 판결이 난다. 영국의 통계지만 한국도 아주 다르지는 않을 것이다. 이 통계가 의미하는 바를 알고 있다면, 이제 다음 순서로 가보자. 성폭력 생존자들은 대화하고, 공통된 경험을 나눈다. 가능하다면 서로를 격려한다. 〈아이 메이 디스트로이 유〉는 생존자인 미카엘라 코얼이 이 방식 그대로 자신의 경험을 나누어준 작품이다. 이 작품을 끝까지 보는 일은 심리 치료나 생존자 모임에 참여하는 것과 비슷한 경험을 제공한다. 적어도 나에게는 그랬다. 아라벨라의 이야기를 들으며, 벌어지지도 않은 일로 여겨온 기억을 꺼내들고 박살 난 조각을 맞추어보았다. 그 조각에 손을 베이며 아라벨라와 함께 무너졌고, 쓰러졌고, 화를 냈다. 그래서, 내가 파괴되었고 망가졌을까? 아라벨라가 파괴되거나 누군가를 박살 내 버렸을까? 아라벨라가 다시 쓴 이야기 속에서, 가해자는 두려워하면서 묻는다. "당신이 나를 두려워하지 않는다면, 나는 어떻게 해야하죠?" 아무것도 할 수 없다. 이제부터는 두려워할 차례다. 앞으로 펼쳐질 지옥은 모두 가해자의 것이므로.

두려워하지 않으므로 망가지지도, 부서지지도 않은 아라벨라와 나는 또 다음 순서로 넘어간다. 이제 일어나 숨을 쉴 차례다. 그리고 활기를 되찾는다. 살아 있다. 이렇게 끝나고 나서야, 마침내 다시 시작된다. 생각과 기억의 전원은 끌 수 없다고 말했던가? 그렇다면 계속 재생되어야 한다. 내가 쓴, 나의 이야기로.

2부

사랑이야말로
인간의 일

밀레니얼 세대의
사랑 방식

〈노멀 피플Normal People〉

"우린 서로에게 정말 많은 도움을 줬어. 우린 괜찮을 거야."

첫 문장을 시작하며 '샐리 루니의 〈노멀 피플〉은'까지 썼다가 잠시 생각에 빠졌다. 내가 이야기하고 싶은 작품이 소설 '노멀 피플'인지 아니면 드라마 '노멀 피플'인지 잠시 헷갈렸기 때문이다. 1991년생 작가 샐리 루니는 소설 《노멀 피플》을 2018년에 발표했다. 샐리 루니가 크레디트에 작가와 총괄 프로듀서로 이름을 올린 드라마 〈노멀 피플〉이 미국의 훌루와 영국 BBC Three에서 공개된 건 2020년 4월이다. 2년을 사이에 두고 있는 소설과 드라마 모두, 샐리 루니가 쓴, 샐리 루니의 이야기다. 둘 다 '샐리 루니의 〈노멀 피플〉'인 것이다.

샐리 루니의 전작이자 데뷔작인 《친구들과의 대화 Conversations with Friends》에 별다른 감흥을 느끼지 못했기 때문에 책을 출간 직후에 사뒀는데도 첫 장을 펼치기까지는 꽤 오랜 시간이 걸렸다. 영국과 미국에 공개된 동명의 드라마를 웨이브를 통해 볼 수 있게 된 이후에야 책을 펼쳤다. 드라마가 보고 싶었기 때문이다. 꼭 해외에서 2020년의 드라마로 〈노멀 피플〉을 꼽아서만은 아니었다. 샐리 루니가 직접 극본을 썼다는 소식이 나로 하여금 책장을 펼치게 만들었다. 내가 궁금한 건 드라마 자체가 아니라 '이 소설이 어떻게 드라마가 되었나'에 있었기 때문이다. 원작 소설의 작가가 영상화 작품의 극본까지 맡는 경우가 처음은 아니지만, 공식적으로 극본 작업을 해본 적 없는 20대 작가가 전 세계에서 사랑받은 자신의 소설을 어떻게 바꿨을지 궁금했다. 장르와 매체를 오고 가는 글쓰기에 대한 고민은, 나와 내 글쓰기에 대한 고민이기도 하기 때문이다.

원작이 있는, 각색된 이야기를 만날 때면 반드시 형식을 바꿀 필요가 있었는지를 주의 깊게 본다. 소설이어야 하는 이유를 가진 소설, 드라마여야 하는 이유를 가진 드라마, 영화여야 하는 이유를 가진 영화여야 한다. 취향의 문제라기보다는 작가로서의, 그리고 말과 글로 비평하는 사람으로서의 기준이다. 정말 지켜내기 어려운 기준이라는 것을 첫 소설을 쓰면서 다시금 깨닫게 되었다. 이 과정에서 소설은 무엇이고, 어떤 것이 드라마이며, 영화는 무엇인지를 끝없이 스스로에게 물어야 하기 때문이다. 이 어려운 길을 충실하게 걸어, 기준을 지키고 때로 뛰어넘은 작품들을 만날 때가 있다. 만날 때마다 흥미롭고, 신기하고, 놀랍다. 어떻게 해낼 수 있었느냐고, 작가와 감독을 찾아가 묻고 싶다.

에세이를 원작으로 한 넷플릭스 드라마 〈조용한 희망〉도 그런 작품이다. 원작이 하고자 하는 이야기를 단단히 간직한 채로 이를 회당 50분, 10부작으로 만들어야만 하는 이유와 의미도 모두 갖고 있다. 하지만 이렇게 쓰거나 말할 때마다 '원작이 하고자 하는 이야기를 간직한 채'라거나, '원작이 가진 장점을 해치지 않으면서' 같은 표현이 그리 가치중립적이지는 않다는 것을 생각한다. 해치지 않아야 하는 원작의 범위는 어디까지이며, 그 이야기가 어떤 것인지를 누가 결정하는가? 원작이 하려는 이야기와 각색된 작품이 하려는 이야기는 다를 수도 있고, 달라도 상관없다. 물론 유명하고 인기 있는 원작을 영상화한다고 할 때, 원작의 팬들이 좋아하는 부분이나 작품 안의 미덕, 의미, 장점들을 다 가져오면서 새롭게 이야기를 만들 수 있다면 더할 나위 없을 것이다. 보통 그런 작품을 모범적인 영상화의 사례로 드는 경우도 많다. 하지만 각색을 맡은 작가에게 선택과 집중, 변화와 추가의 권한이 주어졌다면, 거기서부터는 또 다른 세계다. 이 세계의 작동 원리는, 원작과 같을 수도 있지만 다를 수도 있다. 각색 후의 작품은 원작과는 다른 작품이며, 현재의 형태로 받아들여져야 한다. 그래서 각색은 타인이 쓴 이야기를 재조립하는 작업이 아니라, 재창조의 영역이다.

이 재창조를 같은 사람이 하면 어떤 일이 벌어질까? 원작자 정세랑이 극본에 참여해 연출을 맡은 이경미 감독, 주인공 역의 정유미 배우와 함께 삼각 편대를 이루어 새로운 세계로 건너간 〈보건 교사 안은영〉이 한쪽에 있다면, 샐리 루니의 〈노멀 피플〉은 반대쪽에 있다. 드라마 〈노멀 피플〉은 재창조되지 않았다. 이 드라마는 소설과 온전히 같은 세계에 있는, 같은 작품이다.

메리앤(데이지 에드거 존스)과 코넬(폴 메스칼)은 같은 고등학교에 다닌다. 두 사람 다 성적이 좋은 편이지만, 학교 안에서의 위치는 전혀 다르다. 코넬이 조용한 성품임에도 친구들 사이에서 인기가 좋은 반면, 냉소적이고 사회성이 없는 메리앤은 친구가 없다. 둘은 가끔 메리앤의 집에서 마주치는 사이다. 코넬의 엄마가 메리앤의 집에서 청소일을 하고, 때때로 코넬이 엄마를 차로 데리러 오기 때문이다. 경제적으로 풍요롭지만 화목하지 못한 가정에서 자라나 성격이 모난 편인 외톨이 여자 주인공과, 형편이 어렵지만 엄마의 따뜻한 지지를 받으며 자라나 무난하게 학교생활을 해나가고 있는 남자 주인공이 서로에게 끌리면서 이야기가 시작된다.

이 두 사람이 서로에게 끌리는 이유는, 수많은 차이에도 불구하고 영혼의 모양이 서로 닮았다는 것을 본능적으로 알고 있기 때문이다. 두 사람 다 비밀과 결핍이 있고, 그래서 외롭다. 메리앤은 아버지의 가정 폭력을 겪었고, 폭력의 경험이 사랑하고 사랑받고 싶은 사람들과 관계 맺는 방식을 망가뜨렸다. 코넬은 자신이 원하는 것이 정확히 무엇인지 모르면서도 속으로는 다른 삶을 살고 싶다고 생각한다. 하지만 고등학교라는 사회

속에서 이미 형성된 역할과 위치를 소녀나 소년 개인이 벗어나기란 어려운 것이어서, 두 사람은 서로에게 마음을 두고도 계속해서 엇갈린다. 한 차례 서로에게 상처를 주고 상대를 잃어버린 후, 메리앤과 코넬은 더블린의 트리니티 대학에서 다시 만난다. 작은 마을의 고등학교에서 대도시의 대학교로 바뀐 공간 안에서 두 사람의 권력 관계는 역전되고, 두 사람의 관계나 밀고 당기는 힘의 크기, 위치는 몇 년이라는 시간에 걸쳐 계속 달라진다.

드라마 〈노멀 피플〉은 소설 그대로의 이야기를 간직한 채, 소설의 톤과 감성을 유지하면서 전개된다. 극적인 구성을 위해 사건의 순서를 바꾸지도 않고, 설정을 바꾸지도 않는다. 주변 사람들의 비중을 늘리거나 새로운 서사를 부여하지도 않는다. '그대로'라는 표현은 과장이 아니다. 제한된 공간에서 시간순으로 진행되며 사건보다는 감정을 따라가는 이야기이기 때문에 영상화를 위해 원작의 일부를 떼어내거나 선택해 조립할 필요가 적기도 했겠지만, 드라마를 위해 새로 만들어진 장면 자체가 거의 없다. 한 권의 장편 소설이 총 400여 분

분량의 영상으로 그대로 옮겨진 것이다. 소설 속 거의 모든 장면은 영상으로 충실하게 재현되며, 샐리 루니의 섬세한 감정 묘사는 두 배우의 뛰어난 연기를 만나 살아 움직인다.

나에게 소설 《노멀 피플》과 드라마 〈노멀 피플〉은 같은 작품이다. 소설 속에 묘사된 인물이 독자로서 상상한 모습과 비슷하다거나, 내 머릿속의 이미지가 제대로 구현되었다는 의미가 아니다. '노멀 피플'은 하나의 이야기이고, 그 이야기를 한쪽은 읽는 방식으로, 다른 한쪽은 보는 방식으로 만들어냈다는 뜻이다. 소설의 장점은 그대로 드라마의 장점이 되며, 소설을 읽으며 느꼈던 감정을 드라마를 보면서도 그대로 느낄 수 있다. 이 소설을 좋아한 사람이 드라마를 좋아하지 않기는 어렵고 그 반대도 마찬가지다. 소설이어야 하는 이유와 드라마여야 하는 이유 모두를 가지고 있으면서 하나의 이야기일 수 있고, 한 사람이 그렇게 쓸 수 있다는 것. '노멀 피플'을 만나기 전에는 가능할 거라고 생각해본 적조차 없는 일이다. '밀레니얼 세대의 샐린저'로 칭송받는 샐리 루니의 천재성은 오히려 이 지점에 있다.

드라마를 위해 새롭게 만들어진, 그리 많지 않은 몇 장면을 보면 이 '하나의 이야기'가 어떻게 작동하는지 알 수 있다. 소설에서 두 사람의 고등학교 졸업 무도회 날 밤은 묘사되지 않고, 4개월을 건너뛴다. 반면 드라마에는 코넬이 메리앤이 아닌 다른 여학생과 졸업 무도회에 간 장면이 등장한다. 메리앤은 이미 자퇴를 했고, 코넬의 연락을 받지 않는 상황이다. 무도회장을 나온 코넬은 메리앤에게 이런 음성 메시지를 남긴다. "이런 말을 하기에는 너무 늦었다는 거 알아. 네가 그리워. 내 맘을 이해하는 건 다른 누구도 아닌 너뿐이야." 이 순간 가슴 한구석을 찌르고 가는 물리적인 아픔은, 소설 속에서 메리앤이 코넬의 침대 끝에 앉아 침대의 주인에게서 졸업 무도회를 너와 함께 가지 않을 거라는 말을 들었을 때 느껴진 아픔과 같은 종류의 것이다. 드라마에만 등장하는 장면은 원작 소설의 세계를 확대하지 않고 빈 곳을 채운다. 그 빈 곳은 원래 존재했으므로, 채워진 이야기는 쓰이지 않았을 뿐이다.

굳이 코넬의 '다른 누구도 아닌 너'라는 말을 인용한 이유는, 샐리 루니의 세대이기도 한 '밀레니얼이 사랑하고 연애하는 방식'에 대해 주석을 덧붙이고 싶어서다. 나를 이해하고 내가 이해하는, 다른 누구와도 같지 않은 단 한 사람에 대한 이야기는 흔하고, 코넬의 말도 그리 특별할 게 없어 보인다. '노멀 피플'은 한 사람이 육체와 정신 모두의 의미에서 벌거벗은 나를 받아들여줄 수 있는 또 다른 사람을 만나 서로를 사랑하게 되는, 인생에서 매우 드물게 찾아오는 경험에 대한 이야기라는 점에서 이성애 로맨스 판타지의 정도를 가는 작품이다. 특히 남자 주인공인 코넬의 존재가 그렇다. 코넬은 21세기를 사는 밀레니얼 이성애자 여성이 연애 상대를 생각할 때 이상적이라고 느낄 수 있는 장점을 고루 갖추고 있다. 하지만 샐리 루니는 아름다운 육체와 뛰어난 지적 능력을 갖췄지만 이를 결코 자랑하거나 과시하지 않으며 정치적으로 올바른 선택을 지향하고 날마다 조용하고 성실하게 살아가는 이 남자를, 일찌감치 복잡한 내면을 드러내는 여성의 구원자가 되게 하는 쉬운 길을 택하지 않는다. 코넬의 고백이 마음 아픈 이유는, 이들의 지나온 시간을 같이 지켜본 독자-시청자라면 코넬의 마음속 깊은 곳에 있는 열등감과 한구석의 구겨진 부분이, 가장 아껴줬어야 할 단 한 사람을 찔렀다는 걸 알 수 있기 때문이다. 세기의 사랑도 아니고, 지독한 운명도 아닌 이 이야기를 따라갈 수 있는 이유는, '노멀 피플'이 이 관계의 끝을 궁금하게 만드는 이야기이기 때문이다. 둘만의 세계에서는 퍼즐처럼 꼭 맞는 하나로 존재할 수 있지만, 거기서 한 발자국만 걸어 나와도 겹치는 구석이 하나 없는 서로를 어떻게 사랑할 것인가.

코넬이 고향 친구의 죽음 이후 깊은 우울에 빠져 있다가 상담을 받는 장면은 '노멀 피플'을 현실의 이야기로 만드는 데 매우 중요한 역할을 한다. 무겁고 버거운 감정을 소화하지 못하고 자신을 작은 존재로 보며 끝내 완전히 솔직해지기를 두려워하는 코넬을, 메리앤이 구한다. 교환 학생이 되어 스웨덴에 가 있는 메리앤이 영상 통화 화면으로나마 코넬의 곁에 있어주는 장면은 아마도 밀레니얼 세대부터 처음으로 이해할 수 있는 방식의 교감이라고 할 수 있을 것이다. 문장을 통하지 않고도 두 사람의 구체적인 표정과 마음을 마주 보게 되는 장면이기도 한데, 그것은 드라마 〈노멀 피플〉이 드라마로서만 해내는 일이다. 놀랍다. 샐리 루니에게 어떻게 썼는지 물어보고 싶다. 하지만 생각해보면 그리 어려운 일은 아니었을지 모른다. 샐리 루니의 천재성 때문이기도 하겠지만, 그에게 지겹도록 '밀레니얼 세대'라는 수식어가 따라오는 데서 알 수 있듯이 이 세대에게는 형식의 변화가 세계의 변화를 의미하지는 않을 것이며, 익숙하고 자연스러운 형식으로의 전환이 이야기를 만드는 사람의 기술로 내재되어 있을 가능성이 높으니까 말이다. 이 세대였다면 샐린저도 영상으로 자기 소설을 옮겨 썼을 것이다.

'사람들은 정말로 서로를 변화시킬 수 있어.' 소설의 마지막 장, 마지막 말을 꺼내기 직전에 메리앤은 이렇게 생각한다. 메리앤의 생각이므로, 드라마에는 이 대사가 나오지 않는다. 대신 드라마를 끝까지 본 시청자는, 메리앤과 같은 생각을 하게 된다. 하나의 이야기가 하는, 같은 일이다. '노멀 피플' 안에서 흘러가는 시간 동안 메리앤과 코넬은 평범한 사람이 되기 위해서 무언가를 경험해야 했다. 그건 특별하고도 흔해 빠진, 이 시대에는 종종 존재하는지 의심받는 사랑의 감정이다. 나를 이해하고 내가 이해하는, 내가 사랑하고 나를 사랑하는 단 한 사람의 존재는 나를 그 누구보다 특별한 사람으로 만들어줄 것 같지만, 샐리 루니는 그렇지 않다고 말한다. 그런 경험은 인간을 특별하게 만들지 않고 평범하게 만든다고, 그런 사랑을 해본 다음에야 보통의 삶을 살아갈 수 있는 사람도 있다고 쓴다. 세상에는 그런 사람도, 사랑도 있다. 코넬과 메리앤은 서로를 만나 엇갈리면서도 사랑하고 연결되려고 애쓰고 서로를 받아들이는 것으로 다른 사람이 됐다. 결말에 이르러 둘은 서로가 구원하고 또 변화시켜준 평범한 한 사람이 되어서, 처음으로 서로가 없는 세계에 살기로 한다. 완벽하게 닫힌 사랑 이야기를 원했다면 불만스러운 결말일 수 있지만, 내게는 최근에 본 어떤 작품보다 완벽하고 아름다운 결말이었다. 어떤 이야기는 시작하면서 끝난다. '노멀 피플' 또한 그런 이야기이다. 누군가를 만나고 시간과 마음을 나누는 과정을 통해 성장하고 변화한 내가 다시 이전의 내가 되는 것은 불가능하듯이, 한 세계의 문이 열리면 등 뒤의 문은 닫혀야만 한다. 이런 세계에서는 열린 결말이야말로 완벽히 닫힌 결말일 테니까. 그리고 이 하나의 이야기는 우리가 더는 볼 수 없는 세계에서, 계속될 것이다. 행복할지 불행할지, 기쁠지 슬플지, 다시 만날 수 있을지 영원히 만나지 못할지 알 수 없는 세계로 향하며 전하는 '안녕'. 내가 제일 좋아하는 이야기의 엔딩이다.

사람이 사람을 사랑하는 일은
죄가 아님을

〈잇츠 어 신 It's a Sin〉

"너희에게 할 얘기가 있어. 모두에게 할 얘기야.

제일 처음으로 알리고 싶었어.

나는 살 거야."

누구에게나 잊고 싶은 과거가, 떠올릴 때마다 창피하고 수치심이 들어 지워버리고 싶지만 절대 지워지지 않는 기억이 있다. 수치심은 잘 지워지지 않는 감정이라 문질러 지우려 해봤자 점점 더 번질 뿐이다. 덧칠해 덮어버리려고 해도, 먹으로 쓴 글자처럼 원래의 흔적이 도드라지고 만다. 대학교 졸업반이었던 2006년에도 그런 기억이 하나 있다. 영화 〈브로크백 마운틴Brokeback Mountain〉을 보고 큰 감동을 받으면서 이야기는 시작된다. 감동을 주체하지 못하던 나는 이 작품에 대한 글을 꼭 써야겠다는 생각을 하게 되는데, 거기서 멈추지를 못하고 글을 완성해서 영화 평론상에 응모하기로 결정한다. 평소의 끈기 없는 성정이 무용하게도 나는 기어코 완성한 글을 제출하고야 말았다. 당선은 되지 않았다. 그게 이 이야기에서 유일하게 좋은 부분이다. 공개될 가치가 없는 수준을 넘어 공개되어서는 안 되는 글이 지면을 얻어 생기는 비극을 얼마나 많이 봐왔던가. 이렇게 쓰고 있지만 구체적인 내용은 기억이 나지 않는다. 영화에 대해 이해하지 못하고 그저 느낌만을 나열한 감상문이었을 것이므로 나의 무의식이 최선을 다해 지웠을 게 틀림없다.

그런데도 그때 쓴 글을 수치심과 연결해 기억하고 있는 이유는, 폰트 사이즈를 키우고 두껍게 표시해 보냈던 글의 제목 때문이다. 정확하지는 않지만 '동성애가 아니라 보편적인 사랑이다'와 비슷한 문장이었던 것 같다. 현명한 심사진이 제목만 보고 그 글을 걸러냈을 것이며 빠르게 파기됐으리라 믿고 있지만, 단 한 명이라도 읽었을지 모른다는 생각이 들면 질끈 눈을 감게 된다. 그 문장이 차별인 줄도 몰랐다고 변명하고 싶은 입을 꾹 다물어본다.

차별은 선을 긋는 일이다. '동성애가 아니라 보편적인 사랑'이라고 쓰면서, 나는 동성애와 이성애 사이에 선을 그었다. 이성애를 보편과 같은 편에 넣어둔 다음에, 영화 속 에니스와 잭의 사랑은 충분히 아름답기 때문에 선을 넘어서 보편 쪽에 넣어주겠다고 주제도 모르는 선심을 썼던 것이다. 〈잇츠 어 신〉을 보며 이 몇 겹의 차별과 시혜 의식을 인식조차 못 했던 나를, 세상에서 완전히 사라졌기를 바라는 그때의 글을 떠올리게 되었다. 다른 작품에 대한 글이지만, 이 글을 통해 옛 문장을 완전히 지우고 새로 쓰고 싶었다. 내 안에도 존재했고 여전히 존재할지 모를 차별과, 차별을 용인하는 사회, 그리고 끝내 차별을 이기는 게 무엇인지에 관한 이야기가 〈잇츠 어 신〉에 있다.

〈잇츠 어 신〉은 미지의 질병이 특정 공동체 사이로 퍼져나가던 1980년대 런던을 배경으로 한 드라마 시리즈다. 원인을 알 수 없고 치사율이 매우 높은 질병이 남성 동성애자들 사이에서 전염되고 있다는 소문만 무성하던 1980년대 초반부터, 소문이 현실이 되어가던 이후 10년 동안의 이야기를 담았다.

영국의 한 섬마을에서 자란 리치(올리 알렉산더)는 런

던에 있는 대학에 합격해 고향을 떠난다. 로스코(오마리 더글러스)는 동성애자인 자신을 나이지리아로 보내려는 목사 아버지를 떠나 런던으로 도망친다. 콜린(캘럼 스콧 하우얼스)은 재단사가 되기 위해 웨일스에서 런던으로 향한다. 자기 자신이 되기 위해 성장한 곳을 떠난 소년들은 서로를 알아본다. 리치는 질(리디아 웨스트)과 애시(너새니얼 커티스)를 만나 친구가 되고, 로스코 역시 이들 무리에 합류한다. 콜린은 사수이자 유일한 친구였던 헨리 콜트레인(닐 패트릭 해리스)을 알 수 없는 병으로 잃고 실의에 빠져 있다가 리치와 친구들을 만나게 된다. 이 다섯 청춘이 '분홍궁전'이라고 이름 붙인 아파트에 함께 살게 되면서 이야기는 시작된다.

예상했겠지만 이 질병은 에이즈(후천성 면역 결핍증)다. 초기에는 다른 질병으로 오인되기도 했고 동성애자들을 위협하는 뜬소문으로 여겨지기도 했으나, 연구가 진행된 뒤 HIV라는 바이러스가 원인임이 드러났다. 이 바이러스가 주로 남성 동성애자들 사이에서 전염되어 퍼져나갔기 때문에 에이즈는 동성애자를 의미하는 낙인이 되었다. 그래서 이 드라마의 제목이 '잇츠 어 신It's a

Sin'인 것이다. 동성애를 죄악시했던 시대와 사회에서, 에이즈는 죄인에게 내려진 형벌이었다. 에이즈가 걷잡을 수 없이 퍼져나가자 드라마 속 표현 그대로 자기 자신이 되기 위해 떠나왔던 "런던의 소년들이 끊임없이 고향으로 돌아간다". 그리고 다시는 돌아오지 못했다.

분홍궁전에도 비극이 찾아온다. 착하고 평범했던, 다른 친구들처럼 많은 사람을 만나거나 관계를 맺지도 않았던 콜린이 제일 먼저 병에 걸려 세상을 떠나자, 친구들은 죽음이야말로 불공평하다는 진실을 뼛속 깊이 깨닫는다. 콜린의 룸메이트였던 로스코는 현실을 받아들일 수가 없다. "이 방에서 그 애와 살았고, 그 애를 사랑했어. 아침에 출근하고 엄마에게 전화하고, 착하게 사는 걸 봤어." 평범한 매일을 함께했던 친구가 경멸 속에서 갑자기 죽어버리는 세상에서, 무엇을 위해 살아야 하고, 어떻게 싸울 수 있을까?

많은 경우에 그렇듯이 질문 속에 답이 있다. 살았고, 사랑했기 때문이다. 〈잇츠 어 신〉이 에이즈의 공포나 투병의 시간보다 분홍궁전의 친구들이 어떻게 살았고 꿈꿨고 웃고 울었는지를, 어떻게 그들이 자기 자신으로 살았는지를 보여주는 데 더 많은 시간을 쏟은 이유다. 리치도 에이즈에 걸렸다. 하지만 그는 "나는 에이즈에 걸렸어"라는 고백이 예상되는 순간에 "나는 살 거야"라고 선언한다. 인종과 성 정체성이 교차되는 지점에서 몇 겹의 차별을 감내하느니 기꺼이 위악을 택하겠다던 로스코도 결국 친구들과 함께 싸우기 위해 돌아온다. 왜냐하면 리치도 로스코도, 다른 친구들도, 함께 살았고 서로를 지켜봤고 사랑했기 때문이다.

인간이 이해하고 감당하기 어려운 슬픔과 고통이 필연적으로 닥쳐올 때, 근거 없는 공포가 생존을 위협하고 차별과 혐오를 도저히 이겨낼 수 없을 것처럼 보일 때에도, 살고 사랑한 사람들은 서로를 기억할 수 있고, 역사를 이어갈 수 있다. 미지의 질병이 가져온 공포에 휩쓸려 선을 긋고 그 너머를 손가락질하고 혐오를 전시하며 전파한 사람들은 이 싸움에서 기억될 수 없으므로 이길 수도 없다. "사랑이 이긴다LOVE WINS"라는 동성애 공동체의 오랜 투쟁 구호는 그래서 구체적인 사랑의 역사이며, 예정된 승리의 선언이다. 선을 그어야 한다면 사랑하는 쪽과 그렇지 않은 쪽 사이에 그어야 하며, 사랑하는 쪽이 보편이다. 사랑이 아니라, 차별이 죄다.

작품에서 교훈을 찾아내는 것은 별로 좋아하지 않는 방식의 감상법이지만 〈잇츠 어 신〉의 경우는 다르다. 이 작품에는 현대인이 꼭 배워야 하는 역사와 태도가 있다. 1980년대로부터 40년 가까이 시간이 흐른 지금이 그때와 얼마나 달라졌을까? 2020년대의 한국, 서울에도 '나 자신으로 살아가는 것'을 사회에서 거부당한 성소수자의 죽음이 이어지고 있다. 계속해서 혐오의 바이러스를 퍼뜨리며 사랑이 죄라고 하고, 고통과 질병과 죽음이 형벌이라고 말하는 사람들이 여전히 있다. 그들이 여전히 있다는 부분만 본다면 '역사는 반복된다'고 말하게 될 것이다. 그러나 반복된 역사에서 바뀐 부분을 찾아내고, 거기서 희망을 발견해야 미래가 온다. 〈잇츠 어 신〉의 작가인 러셀 T. 데이비스는 근 미래를 배경으로 한 시리즈인 〈이어즈 앤 이어즈Years and Years〉에서 인류가 상상할 수 있는 온갖 재난이 겹치며 이어지는 미래, 나빠져만 가는 세계를 한 가족의 서사를 통해 펼쳐 보였다. 2020년 이후 인류가 맞이한 세계가 드라마 속 세계와 비슷한 모양으로 재현될 때마다, 좋은 문학은 미래학이 될 수 있다는 생각을 했다. 좋은 이야기에는 이따금 미래가 한발 앞서 도래하기도 한다. 1980년 런던의 리치와 친구들은 40년 뒤 자신들의 이야기가 어떻게 기억될지 알지 못했을 것이다. 리치는 자신이 얼마나 즐겁게 살았는지, 나 자신으로 살 수 있어서 얼마나 행복했는지를 사람들이 잊을 거라고 말한 뒤 세상을 떠났다. 하지만 2020년대를 사는 우리가 기억하고 예술이 다시 쓰는 이름은 리치이고, 에이즈 퇴치를 위해, 동성애가 죄가 아님을 인정받기 위해 싸운 사람들의 역사다. 제대로 기억하기로 한 사람들이 싸울 때 비로소 조금씩 세상이 변해왔고, 변해갈 것을 우리는 알고 있다. 무엇보다 인간의 이해와 상식을 넘어서는 잔인한 질병이 세계적으로 창궐한 이후의 시대를 살아가는 우리는, 숫자를 넘어 사람을 기억하기를 택하는 〈잇츠 어 신〉의 태도를 배울 필요가 있다.

사람이 사람을 사랑하는 일은 죄가 아니라 보편적인 감정이고, 사랑이야말로 인간다운 일이라는 것을 알고 있는 사람들의 목소리가 이제야 조금씩 들려오고 커지는 것 같다. 동성혼 합법화에 앞서 차별을 금지하자는 법률의 제정도 더딘 한국이지만, 싸움은 계속되어야 한다. 우리가 도착한 미래에서 개인은 자기 자신이 되어 살고 사랑하는 것으로 충분히 자신의 역할을 한 것이다. 이 싸움을 과거로 되돌려 개인에게 떠넘겨서는 안된다. 여전한 혐오와 차별에 대응해야 하는 것은 사회의 시스템이다. 지금이 나중이다. 차별금지법 제정하라.

어차피 터져버릴
시한폭탄이라면…

〈더 체어 The Chair〉

"난 소설과 시를 계속해서 읽고 싶었어."

"왜?"

"무슨 의미를 담았는지 이해하려고?"

"그런데 왜 박사가 됐어? 아무한테도 도움을 안 주면서."

국어국문학을 전공했다. 서른 줄에 접어든 이후로는 이야기할 일이 거의 없긴 하지만, 피치 못할 이유로 전공을 언급해야 하는 상황이 되면 괜히 머쓱해진다. 직업이 작가이기 때문이다. 작가인데 국어국문학과를 나왔다고 하면 "전공을 살리셨구나!" 같은 말을 듣게 되고 만다. 전공을 살린 것일까? 괜히 골똘해졌다가는 국어학과 국문학의 차이라든가, '과연 어디까지가 문학인가'라는 질문이라든가, 영어영문학과를 졸업해서 작가가 되면 전공을 살린 것인가 아닌가 같은 생각이 꼬리에 꼬리를 물고 이어지게 되기 때문에, "그런가요?" 하고 대답한 뒤 얼른 소재를 바꾸는 것이 좋다. 그러지 않으면 "국문과가 굶는 과라던데……" 하는 식의 무례한

농담을 듣게 되어버리고 만다. 이 농담을 들을 때면 미소 비슷한 것도 지을 수 없기 때문에 재빠른 소재 전환이 무엇보다 중요하다.

다시 한번 곰곰이 생각해봐도 국문학을 전공했기 때문에 작가가 된 것 같지는 않다. 인과 관계가 없는 일로 보인다. 학과 공부가 나에게 영향을 미치지 않았다거나 쓸모없었다는 이야기는 아니다. 오히려 그 반대다. 문학이 정말 재미있었기 때문에 열심히 공부했고, 그래서 상당히 많은 영향을 받았다. 문학 작품을 읽고, 문학을 배우고, 듣고, 공부하며 보낸 20대 초반의 몇 년간, 내가 세상을 보는 법은 달라졌다. 이 시절의 경험이 내 삶 전반에 어떤 영향을 미쳤고 또 나의 어떤 부분을 바꿨는지를 전부 말하자면 너무 긴 이야기가 될 것이다. 줄여서 말해보자면, 나는 문학을 통해 이런 것들을 배웠다. 세상을 바라볼 때 시선의 위치와 방향을 어디에 두느냐에 따라 시야가 달라진다는 것, 내가 아닌 다른 사람의 자리에 서보는 일, 들리지 않는 목소리를 듣고 보이지 않는 존재를 보는 일, 한 편의 소설을 읽고 내 안의 무언가가 완전히 바뀌어버리는 일 또한 가능하다는 것,

인간은 끊임없이 이야기를 만들고 쓰면서 다른 세계를 상상하고 다른 사람이 되는 일을 꿈꾸면서도 끝내 자기 자신일 수밖에 없는 존재라는 것, 이 모든 것을 나는 문학을 통해 배웠으며 이 경험이 나를 바꿨다는, 어쩌면 너무나도 문학도 같은 이야기다.

넷플릭스 시리즈 〈더 체어〉의 배경은 아이비리그의 대학으로 설정된 펨브로크 대학의 영문학과다. 미국의 국문학과에 처음으로 한국계 미국인 여성이 학과장의 자리에 오르면서 이야기는 시작된다. "웬 아시아 여자가 에밀리 디킨슨을 가르쳐?" 같은 모욕적인 말을 들으면서도 성실하게 마음을 다해 학생들을 가르쳐온 김지윤(샌드라 오)에게, 역사적인 기회가 드디어 찾아온 것이다. 하지만 하필이면 그에게 이 자리가 넘겨진 데는 '당연한' 이유가 있었다. 지윤이 책임지고 지켜내야 할 펨브로크의 영문학과는 "유례없는 난관"에 처해 있다. 학생 수는 날이 갈수록 줄어들고, 학교는 예산 삭감을 단행한 상황이다. 그것으로도 모자라 학교 측은 갓 학과장이 된 지윤 앞에 블랙리스트를 내민다. 수업은 인기가 없는데 고액 연봉을 받고 있는 교수들이 은퇴하도록 설득해달라는 것이다. 지윤의 사정을 모르는 교수들은 학과장이 해결해줄 것을 기대하며 각기 다른 불만과 문제를 들고 온다. 은은한 승리의 미소를 지으며 학과장 사무실 자리에 앉자마자 균형을 잃고 쓰러져버린 의자(영어 단어로 학과장과 의자 모두 체어Chair다)로부터 예견된 운명이다. 그 와중에 이웃에 사는 동료 교수인 빌(제이 듀플라스)이 강의 중 나치 경례를 하는 사고를 치고 사건이 외부에 알려지면서, 이를 해결해야 하는 상황에까지 놓이게 된다. 여기에 인종이 다른 입양한 어린 딸과의 갈등까지 더해지면 '엎친 데 덮친 격'이라는 식상한 속담이 지윤이 처한 상황에 정확히 들어맞게 된다. 자, 과연 지윤은 이 모든 상황을 어떻게 해결할 것인가?

해결할 수 없다. 지윤이 맞이하게 된 문제는 일종의 폭탄 돌리기 같은 것으로, 언젠가 터질 것이 지윤의 차례에 당도했을 뿐이다. 여기서 아시아인 여성 학과장이 무서운 추진력과 결단력을 발휘해 영문학과의 오래 묵은 문제를 말끔하게 해결해버리는 구원자로 등극해버린다면 이야기의 장르가 판타지로 바뀌게 된다. 지윤은 문제를 끌어안고 전전긍긍할 수밖에 없고, 이 작품의 재미와 의미 역시 거기에서 온다. 빌이라는 무책임한 백인 남성을 지윤의 잠재적인 연애 상대가 아닌 지윤에게 벌어진 불의의 사고이자 산적한 문제 중 하나로 간주하면 〈더 체어〉가 하고자 하는 이야기는 분명해진다. 소수자인 여성이 좋은 방과 의자를 가지게 되었을 때, 곧 한 집단에서 리더의 위치에 올랐을 때 과연 어떤 일이 벌어질까?

결국 이 작품은 어차피 터질 시한폭탄이 여자가 들고 있을 때 터지기를 바라는 세계에서, 그걸 알면서도 받아들이고 그 자리에 가기를 원했던 한 여성 리더의 이야기라고 할 수 있다. 첫 회에서 지윤은 중년 이상의 백인 남성이 과반을 차지하는 영문학과 교수들 앞에서, 파도에 휩쓸려가는 영문학과를 침몰하게 하려는 시도를 좌시하지 않겠다고 선언한다. 하지만 말을 제대로 맺기도 전에 사건 사고와 요구가 쏟아진다. 지윤에게 주어진 것은 자리일 뿐, 힘이 아니다. 지윤은 유리 절벽에 서 있다. 기업이나 조직이 위기를 맞이했을 때만 여성에게 기회를 주고, 실패하면 그 책임을 묻는 현상을 유리 절벽이라고 할 때, 지윤에게는 이제 떨어질 일만 남은 셈이다.

일단 지윤의 아버지를 제외한 그 어떤 남자 캐릭터도 지윤을 돕지 않으며, 일부는 그가 해결해야 할 사고를 일으키거나 그에게 책임을 돌릴 생각만 하고 있다는 지극히 현실적인 상황 설정이 중요하다. 이런 상황 속에서 여성 동료 교수들이라고 전적으로 지윤의 편이 되어줄까? 당연히 그렇지 않다. 그럴 수 없기 때문이다.

블랙리스트에 오른 노년의 교수로 통보도 없이 사무실이 지하실로 옮겨진 조앤(홀란드 테일러)에게도, 종신 심사를 앞둔 젊고 인기 있는 흑인 여성 교수인 야즈(나나 멘사)에게도 각자의 사정이 있다. 이들은 자신의 욕망과 처한 상황에 따라 지윤에게 다른 요구를 하며 그에게 또 다른 선택의 문제를 던져놓는다. 딸인 주주(애벌리 카가닐라)도 자신이 원하는 대로만 행동하면서 끊임없이 엄마의 인내심을 시험한다. 심지어 사랑하는 학생들에게 유색 인종 여성 학과장임에도 불구하고 소수자 학생을 입막음한 일종의 변절자로 오해받는 끔찍한 상황까지 견뎌야 한다.

리더가 되었지만 조직의 지원도, 동료나 선후배의 도움도 받지 못하고, 쏟아지는 공격에 반격을 했다가는 들고 있는 폭탄이 터질 위기에 처한 여성. 〈더 체어〉는 궁지에 몰린 지윤을 돕는 단순하고 이상적인 여성 연대를 준비하는 대신, 자기 욕망을 가진 복잡한 여성 인물들로 그를 둘러싼다. 성별과 상관없이 주변 인물들 전부 지윤의 상황을 악화시키며, 때로는 지윤의 능력을 의심하고 진심을 오해한다. 〈더 체어〉는 이런 묘사에서 현실적이다. 《나쁜 페미니스트Bad Feminist》의 저자인 록산 게이가 〈더 체어〉를 보고 "다큐멘터리를 봤다"라는 소감을 올린 것도 같은 이유에서일 것이다. 소수자가, 여성이 리더가 되는 일은 분명한 성취다. 하지만 이후에는 이성애자 백인 남성이었으면 겪지 않았을 수많은 시험이 쏟아지며, 나타나지 않았을 문제가 발생한다. 지윤이라고 당당히 정상에 올라 따라오는 후배와 걸음을 내딛기 시작한 다음 세대를 끌어주는 멋진 여성 리더가 되고 싶지 않았을까? 늙은 백인 남성의 목소리만 울려 퍼지는 영문학과의 광장에서 스피커를 들고 호령하는 소수 인종 여성 리더로 새로운 역사를 시작하고 싶지 않았을까? 리더는 선택과 결정에 책임을 져야 하는 위치인 동시에, 확장된 조직도에서는 또 하나의 중간자일 뿐이다. 이상과는 다른 현실의 간극을 메꾸는 데 자기 몸을 던져야 하는 사람에게 준비된 쿠션이 없다면, 오프닝의 의자처럼 무너지는 일만 남게 된다.

바로 이 고독한 리더의 역할을 샌드라 오라는 배우가 연기했기 때문에 〈더 체어〉에는 대본으로 미처 담아내지 못한 깊이가 생겨났다. 한국계 캐나다인으로 할리우드에서 살아남은 샌드라 오는, 개인이기에 앞서 언제나 아시아 여성 배우를, 할리우드의 한국계 인물을 대표해야 했다. 샌드라 오라는 배우의 역사가 지윤의 서사와 맞아떨어지기에 그가 걸어온 길을 생각하면 지윤이라는 캐릭터가 처한 상황에 저절로 이입될 수밖에 없다. 캠퍼스 소동극과 로맨틱 코미디와 가족 시트콤을 분주히 오가며 널뛰는 드라마 속에서 무게 중심을 잡으며, 샌드라 오는 자신의 존재로 이 작품이 시작될 수 있었고 완성되었음을 증명한다.

다시 돌아와 문학 이야기를 해야겠다. 〈더 체어〉의 좋은 장면은 대부분 인물들의 문학을 사랑하는 마음과 연결이 되어 있다. 요실금 패드를 착용해야 하는 나이가 되었지만 강단을 떠나고 싶지 않은 고집불통의 백인 남성 교수도, 그에게 종신 교수 임용 심사를 받아야 하는 젊은 흑인 여성 교수도, 문학을 사랑한다. 정확히 어떤 문학인지, 왜 사랑하는지는 다시 물어봐야겠지만, 아무튼 사랑하는 마음만은 진짜다. 조앤은 모욕적인 강의평을 달아놓은 학생을 몰래 추적하다가 그 학생이 자신의 전공인 제프리 초서(영문학의 아버지라고 한다. 나도 몰랐다)까지 폄하한 것을 보고 발끈해서 정체를 드러낸다. "내가 네 취향이 아닐 수는 있어. 하지만 《캔터베리 이야기 The Canterbury Tales》는 천재의 걸작이야. 날 좋아하지 않아도 돼. 하지만 초서는 600년이 넘는 문학 비평 역사를 버텨냈어. 얼마나 끝내주는 작가인지 알아먹지 못한다면 내 강의실에 발도 들이지 마!" 나는 욕해도 내 작가는 욕하면 안 된다. 이 얼마나 절절한 사랑인가. 〈더 체어〉는 이런 마음을 가진 사람들이 문학을 가르치는 이유에 대해서 빌의 입을 빌어서 이렇게 전한다. "어떤 시를 너무 사랑하면 우리는 그걸 읽을 때마다 새로운 것을 배우고 그것을 통해 변화해요." 맞다. 나도 문학을 통해 이걸 배웠다. 어떤 소설을 너무 사랑하면 그 소설의 문장이 내 삶에 등장한다. 내 인생의 기로에서 소설 속 인물이 한 선택이 중요한 힌트가 되어주기도 했다. 하지만 그런 역할을 한 것이 문학 하나뿐인 것은 아니다.

살면서 처음으로 우울한 감정이 발목까지 차올랐음을 느꼈던 때, 그 감정에 누우면 몸이 반쯤은 잠기게 된다는 걸 알았다. 그때 하루에 세 편씩 봤던 영화가 우울로 가득 찬 웅덩이를 천천히 말려주었다. 아무도 아니라서 무엇도 될 수 없었던 시절에 본 드라마가, 뮤지컬이, 앞이 보이지 않는 다음으로 한 발자국 내딛게 만들어주었다. 몇십 권의 만화책을 단숨에 읽고 나면 다른 세상에 다녀온 것만 같았고, 한 곡의 노래를 몇백 번 들으면서 삼키고 소화한 감정도 있다. 이 모든 콘텐츠가 넓게 보면 문학일 수도 있고, 예술 안에 들어간다고 할 수도 있을 것이다. 실은 이 모든 것이 문학일 필요도, 예술일 필요도 없다. 이를 분류하고, 역할과 가치를 나누는 건 연구자가 아닌 다음에야 그리 중요하지 않다. 하지만 펨브로크 영문학과의 교수들도 그렇게 생각할까?

하나의 질문이 더 필요한 순간이 찾아온 것 같다. 펨

브로크의 영문학과는 문예 창작 수업, 콘텐츠 수업을 제외한 다른 수업을 듣는 학생이 없어서 걱정이 태산이다. 〈더 체어〉는 교수들이 사랑하는 문학과 학생들이 좋아하는 문학 바깥의 콘텐츠를 나누어놓고, 초서와 멜빌, 디킨슨의 문학을 지켜보려는 교수들의 마음과 고군분투에만 집중한다. 그렇다면 이제 질문이다. 학문으로서의 문학이 다루는 범위 바깥의 콘텐츠는 문학이 하는 일을 할 수 없을까? 오직 문학만이 빌이 절절히 호소하는 "타인의 관점으로 세상을 보고 다른 자리에 서보려는 태도"를 가르쳐줄 수 있는 건 아니다. 우리는 이런 태도를 〈더 체어〉를 통해서도 배울 수 있다. 지윤을 통해 유리 절벽에 선 여성 리더를 볼 수 있고, 조앤의 상황에서 경력과 연륜으로도 조직 내 성차별을 뛰어넘기 어려운 현실을 배울 수 있지 않은가. 다른 세상을 만나고 세상을 보는 새로운 시선을 갖게 하고, 타인을 이해할 기회를 제공하고 이 경험을 통해 나를 변화하게 만드는 건 문학이 아니라, 좋은 이야기, 콘텐츠, 예술 모두가 하는 일이다. 그걸 몇 세기 전의 문학만을 절절히 사랑하는 이 작품 속 교수들은 잘 모르는 것처럼 보인다.

이런 지점이 종종 이 작품을 펨브로크의 영문학과처럼 보이게도 한다. 어떤 시각은 새롭지만 또 다른 관점은 매우 낡았고, 성차별과 인종차별을 주제로 삼고 있으면서도 백인 남성의 낭만적이고 순진한 진심을 꼭 전해야만 하는 드라마다.

그래도 나는 이 작품의 '복잡하지만 진심 어린 관계'를 지켜볼 가치가 있다는 쪽에 서고 싶다. 폭탄이 터지는 순간에도 '치울 권력'을 여성 동료에게 넘기고, 자신이 떠내려가는 와중에도 건져 올려야 할 사람들을 끌어와 구명보트에 태워주며, 할 수 있는 최선의 실패를 받아들이는, 우리와 닮은 여자가 거기 있다는 이유면 설명이 될까. 그 정도면 세 시간을 투자할 이유로도, 콘텐츠가 하는 일로도 충분하다.

화면이 꺼지면 비로소
시작되는 애도에 관하여

〈틱, 틱… 붐! tick, tick…BOOM!〉

"그럼 전 이제 뭘 하죠?"

"다음 작품을 써. 그게 끝나면 또 쓰고, 계속해서 쓰는 거지.

그게 작가야. 다음 작품은 네가 잘 아는 것에 대해서 써."

언젠가 "이런 작가만은 되지 않겠다는 생각을 한 적이 있느냐"라는 질문을 받은 적이 있다. 제대로 대답하고자 한다면 여러 가지 방향에서 진지한 답변을 생각해낼 수 있었을 것이다. 하지만 왜 그랬는지 그때는 작품 안과 밖의 윤리라든가 나만의 기준에 대한 이야기가 떠오르지 않았고, 얼떨결에 이렇게 대답해버리고 말았다. "장례식장에서 마감하지 않는 작가가 되고 싶습니다." 얼떨결에 쏟아져버린 말에는 보통 진심이 담겨 있는 법이다. 눈을 뜨면 곧바로 일하는 모드로 돌입했다가 책상을 떠나 침대로 가면 바로 잠드는 극한의 마감 일정을 소화할 때면, 이 틈새를 비집고 시간을 만들어내야 하는 사건이 나와 주변인들에게 벌어지지 않기를 바라게 되곤 했다. 드라마에 자주 등장하는 장례식장 구석에서 대사를 쓰는 작가, 팔등에 수액 주삿바늘을 꽂은 채로 울며 노트북을 펼치는 작가가 되는 건 한순간이었다. 당장 드라마를 쓰는 나의 친구가 여행지의 카페에서 종이와 펜을 빌려 녹화 현장 상황에 맞추어 대본을 수정하는 모습을 지켜본 일도 있었다. 이런 일들을 늘상 보고 듣다 보니 마감에 쫓기느라 일상이 사라져버린 작가만은 되고 싶지 않다는 마음이, 툭 꺼내어진 것이다.

그랬던 내가 이 글을 장례식장 한쪽 구석에서 쓰고 있다. 걱정한 만큼 나쁘진 않다. 뭘 그렇게 두려워했나 싶다. 장례식장에는 언제나 자리를 지키는 사람들이 필요하기 마련이다. 자리를 지키는 동안 비어 있는 시간에, 살아 있는 나는 해야 하는 일을 한다. 사이에 밥을 먹고, 아는 얼굴이 보이면 인사를 한다. 형을 잃은 아빠가 힘들어하지 않는지 살피고, 오랜만에 얼굴을 봤다는 어색함도 없이 자기 이야기를 꺼내는 친척 오빠들의 이야기를 듣다가, 다시 노트북을 펼친다. 여기 모인 사람들은 대부분, 이날이 곧 찾아올 것을 알고 있었고 준비를 하고 있었다. 나도 마찬가지였다. 당장 오늘인지, 다음 주인지, 그것도 아니면 다음 달인지의 문제일 뿐, 내년 이 계절을 기약한 사람은 아무도 없었으며 모두 마음으로 준비를 하고 있었다. 준비된 이별이라고 슬프지 않은 것은 아니므로, 내가 있는 장소와 어울리게 애도에 대한 이야기, 떠나보낸 뒤에야 할 수 있는 이야기에 대해서 쓰려고 한다. 2021년 11월 넷플릭스에 공개된 뮤지컬 영화 〈틱, 틱… 붐!〉 이야기다.

1990년, 서른 살 생일을 앞둔 뮤지컬 작가가 있다. 그의 이름은 조너선 라슨(앤드루 가필드). 뉴욕의 오래된 아파트 5층에 살면서 생계를 위해 브런치 레스토랑의 웨이터로 일한다. 무려 8년이라는 시간 동안 쓰고 고쳐온 뮤지컬 〈슈퍼비아Superbia〉의 워크숍 발표가 얼마 남지 않았지만 극 중 중요한 노래의 악상과 가사는 도저히 떠오르지 않는다. 오랜 친구와의 우정도 애인과의 관계도 전과 같지 않다. 직업적으로는 이룬 것이 없고, 그나마 가진 것조차 잃어버릴 것만 같아 스트레스를 받는 와중에도 시간은 속절없이 흘러 매일, 매분, 매초 서른에 가까워진다. 우리말로는 '째깍째깍', 영어로는 '틱, 틱

tick, tick', 조너선의 귀에 들려오는 초침 소리. 낡은 토대 위에 불안하게 세워둔 인생은 마치 시한폭탄과 같아서, 정해진 시간이 찾아오면 펑, '붐!boom!' 하고 터져버릴지 모른다.

〈틱, 틱… 붐!〉은 브로드웨이 뮤지컬의 역사를 바꾼 작품 중 하나인 〈렌트Rent〉의 작가이자 작곡가인 조너선 라슨의 자전적 이야기를 담은 뮤지컬이다. 1990년대 초반, 〈렌트〉를 쓰던 중 그에 앞서 공연되었다. 워크숍 공연이 원맨쇼 형태에 가까웠을 만큼 독백이 많고, 창작자가 그 과정을 서술했다는 점에서 다층적인 레이어가 있어서인지 〈렌트〉에 비해 영화화가 늦어졌다. 용감하게 이 작품을 영화로 만들겠다고 나선 감독은 린 마누엘 미란다다. 뮤지컬 〈인 더 하이츠In the Heights〉를 쓰고 직접 출연했으며 뮤지컬 〈해밀턴Hamilton〉으로 토니상을 받은 이 브로드웨이 슈퍼스타는, 영화 연출 데뷔작으로 〈틱, 틱… 붐!〉을 선택함으로써 '초심으로 돌아간다'는 흔한 문장을 실천으로 옮긴다. 몇 편의 뮤지컬 영화 출연을 통해 영화 속 등장인물이 대화를 하고 길을 걷다가 갑자기 춤을 추고 노래를 하는 장면을 견디지 못하는 관객이 의외로 많다는 사실을 깨달았을 린 마누엘 미란다는, 이를 해결하기 위한 장치를 영화 속에 배치한다. 영상으로 남아 있는 1992년의 〈틱, 틱… 붐!〉 워크숍을 재현한 무대를 만들어두고, 무대 위의 라슨이 1990년 자신의 현실을 해설하도록 한 것이다. 1990년에 서른 살이 되는 소회를 노래하는 첫 넘버 '30/90'가 무대 위에 펼쳐지면, 관객은 안심하고 공연을 즐기다가 자연스럽게 1990년을 현재로 삼는 영화 속으로 들어간다. 뮤지컬로서도, 영화로서도, 뮤지컬 영화로서도 부족함이 없는 탁월한 구성이다.

이 작품 안에는 조너선 라슨과 그의 뮤지컬, 그리고 브로드웨이에 관심이 있는 사람이라면 눈치챌 수 있는 보물이 곳곳에 숨겨져 있다. 그렇다고 해서 〈틱, 틱… 붐!〉이 뮤지컬 팬들만을 위한 작품인 것은 아니다. 〈렌트〉의 넘버 중 하나인 '원 송 글로리One Song Glory'의 오프닝이 연주되는 순간을 눈치채지 못한다 하더라도, 조너선 라슨의 이야기에 빠져드는 일은 그리 어렵지 않다. 꿈만 꾸다가 그 무엇도 되지 못할까 봐 두려워하는 라슨은, 이대로 살아가도 괜찮은 것인지 알 수 없는 채로 나이만 드는 일이 겁이 났던 시절로 모두를 데리고 간다. 그리고 비슷한 시절을 보냈다면 알 수 있을 두 가지 결론 중 하나를 택하면서, 이야기를 마무리한다. 워크숍은 최선을 다한 만큼 좋은 평가를 들었지만, 뮤지컬 제작으로는 이어지지 않았다. 일에 대한 생각으로 머릿속이 가득 찼던 불성실한 연인인 라슨을 떠난 여자친구도 돌아오지 않았다. 째깍째깍, 시간은 흘렀고 서른이 됐다. 여기서부터는 두 가지 길이 있다. 그대로 계속할지, 아니면 멈추고 다른 길 혹은 돌아가는 길을 택할지. 라슨은 그래도 곁에 남아 있는 사람들과 서른 살 생일을 축하하면서 불안 속에서도 계속하기를 선택한다.

앤드루 가필드가 연기한 조너선 라슨의 이야기는 여기서 끝나지만, 영화는 이어진다. 조너선 라슨의 삶이 계속 이어졌다고 써도 좋겠다. 1990년, 서른 살 생일을 맞이한 조너선 라슨은 "내가 잘 아는 이야기"를 계속 써나간다. 〈틱, 틱… 붐!〉을 쓰고, 워크숍 공연을 올린다. 조너선 라슨이 직접 출연한 실제 〈틱, 틱… 붐!〉 워크숍 영상 위로 자막이 떠오른다. 그가 쓴 〈렌트〉의 오프브로드웨이 개막이 확정된다. 하지만 조너선 라슨은 개막일 전날 밤 대동맥류 파열로 사망했다. 〈렌트〉가 수많은 상을 받고, 관객들의 무한한 지지와 사랑을 받고, 전 세계에서 공연되고, 영화화되는 걸 조너선 라슨은 보지 못했다.

자막이 올라가고 다시 불이 켜진 영화관에서, 아니면 넷플릭스의 화면을 닫은 뒤에 이야기를 돌아보면 〈틱, 틱… 붐!〉은 애도에 관한 영화가 된다. 끝내 무대에 올리지 못한 〈슈퍼비아〉를 떠나보내고, 20대를 떠나보내고, 사랑하는 사람과 이별한 후에도 조너선 라슨은 살고, 사랑했고, 썼지만, 결국 그 역시도 떠났다. 〈렌트〉가 어떻게 브로드웨이 뮤지컬의 흐름을 바꿔놓는지, 얼마나 많은 상을 받게 될지 모르는 채로. 영화 속에서 라슨은 자신의 직업을 두고 뮤지컬 작가란 결국 멸망해버리고 말 종(種)이라고 자조한다. 30년이 흐른 지금도 그들은 멸종하지 않았다. 21세기 최초의 팬데믹 한복판에서도 뮤지컬은 계속된다. 얼굴을 마주 보는 일에 위험이 담보된 시대에도, 오히려 이런 시대에야말로 공연 예술의 끈질긴 힘을 믿는 사람들이 여전히 극장을 찾는다. 뮤지컬을 만드는 사람도, 보고 느끼는 사람들도 멸망하지 않았다. 전부는 아닐지라도, 일부는 조너선 라슨 덕분일 것이다. 도시 빈곤, 퀴어, 에이즈, 죽음을 정면으로 다루며 브로드웨이가 있는 뉴욕의 현재 이야기를 그려낸 〈렌트〉는 라슨의 위대한 유산이다. 이 작품은 조너선 라슨 덕분에 다른 방식으로 숨 쉴 방법을 찾아내고 진화를 거듭했을 브로드웨이 사람들을 대표해 린 마누엘 미란다가 보내는 깊은 애도와 헌정이기도 하다.

이 영화에서 커리어 최고의 연기를 보여준 앤드루 가필드는, 2년 전 어머니를 떠나보낸 후 〈틱, 틱… 붐!〉에서 조너선 라슨을 연기하며 애도의 의미를 다시 곱씹게 되었다고 하면서 "애도는 표현되지 않은, 남아 있는 사랑"이라고 말했다. 깊은 슬픔은 깊은 사랑이기 때문에, 그 슬픔이 마음속에 남아 있기를 바란다고 전했다. 조너선 라슨 역시 다른 방식으로, 같은 이야기를 전한 적이 있다. 뮤지컬 〈렌트〉에서 가장 유명한 바로 그 노래 '시즌스 오브 러브Seasons of Love'에서 라슨은 묻는다. "1년이라는 시간을 어떻게 잴 수 있을까요? 52만 5600분이라는 시간을 어떻게 살아갈까요?" 그리고 스스로 답한다. 그것은 사랑.

지금, 이 순간 내가 한밤의 장례식장에서 기억하는 사
랑은 3주 전의 일이다. 내년까지 살아서 네가 쓴 드라마
를 보고 싶다고 말하며 내 손을 오래 잡고 있던 큰아버
지에게서 느꼈던 온기, 그것은 사랑. 때로는 애도라는
이름으로 남아 있는, 끝나지 않은 사랑. 세상을 떠난 사
람이 남기고 간 감정을 헤아리다 보면, 시간은 흘러갈
것이다. 감히 사랑으로.

'내가' 되기까지

〈비커밍 유Becoming You〉

"생후 2000일은 탐험과 관찰, 그리고 끊임없는 질문으로

세상을 알아가고 놀라운 꿈을 꾸는 상상력과

그 꿈에 생명을 불어넣는 법을 생각하는

한 인격체가 되기 위한 여정이다."

나의 둘째 조카는 2016년 1월생으로, 2000일 하고도 몇 개월을 더 살았다. 조카가 태어난 뒤로 이상하게 겨울에 쌓일 만큼 눈이 내리지 않았다. 지구 온난화 때문이라고 했다. 겨울마다 한국을 떠나고 싶어질 만큼 추운 날씨를 싫어하는 나지만, 언제부턴가 겨울이 오면 눈이 내릴 만큼은 춥기를 바라게 되었다. 조카가 맞이하는 네 번째 겨울에도 하늘에서 내리는 진짜 눈을 볼 수 없는 것만큼 슬픈 일은 그리 많지 않은 것 같았다. 다행히 2020년 겨울, 눈사람을 인구수만큼 만들어도 될 정도의 눈이 내렸다. 눈밭을 뛰어다니고 썰매를 타고 눈사람을 만들고, 눈 속에 파묻혀 눈이 안 보이게 웃고 있는 조카를 보고 나서야 '내가 어쩌지 못하는 쓸데없

는 걱정'의 목록 중 하나를 지울 수 있었다. 물론 지금
도 지우지 못하고 있는 걱정이 수두룩하다. 그 맨 위에
는 팬데믹 시대에 대한 걱정이 있음이 물론이다.

갓 만 여섯 살이 된 조카는 인생의 3분의 1 동안 마스
크를 쓰고 지낸 셈이 된다. 마스크 없이 뛰어놀던 시절
의 일을 제대로 기억이나 할지 모르겠다. 세상과 사람
을 매일 만나고, 부딪히고 닿아본 세계의 영역을 매일
넓혀가도 모자란 시기에 얼굴의 절반을 가린 사람들을
매일 보고, 그들과 닿는 일을 조심하며 지내야 하는 어
린이들은 무슨 생각을 하고 있을까? 이 잔인한 바이러
스가 일상의 구석구석까지 침투하기 이전의 세계에 대
한 기억이 없는 어린이들은 자신을 둘러싼 세상의 풍경
에 보호막이자 가림막을 씌워두지 않았을까? 내가 누
구이고, 다른 사람들과 연결된다는 것의 의미는 무엇인
지 제대로 배우고 있을까? 감정, 몸짓, 언어를 배우는
일에 어려움을 겪고 있지는 않을까? 사랑은 걱정과 질
문을 늘린다. 질문이야 같이 답을 찾아가면 되겠지만,
걱정하지 않고 사랑하는 법은 아직 잘 모르겠다. 배운
적이 없는 것 같다.

아니다. 애플TV플러스의 〈비커밍 유〉에 따르면, 이미 배웠다고 한다. 한 사람이 "생후 2000일 동안 무력한 신생아에서 지구상 가장 유능한 생명체로 변화해가는 과정"을 담은 이 다큐멘터리 시리즈의 핵심 메시지는, 인간으로서 살아가기 위해 필요한 능력은 첫 2000일에 모두 학습된다는 것이다. 전 세계 100명의 아기와 어린이가 자라나는 과정의 일부로부터, 인류 공통의 성장을 찬찬히 들여다보면 답이 나온다. 아이들은 런던, 뉴욕, 도쿄와 같은 대도시부터 네팔이나 몽골과 같은 저개발 지역, 난민 캠프까지 세계 곳곳의 각기 다른 환경에서 자라나지만, 비슷한 '처음'을 경험한다. 놀랍게도 대부분의 인간은 태어나서 5년이 조금 넘는 시간을 보내고 나면, 인간으로서 배워야 할 기초적인 능력을 거의 다 갖추게 된다. 나 자신이 누구인지 알고, 내가 있는 세상을 인지하고, 움직이고 말하며, 자신의 힘으로 생각할 줄 알게 되고, 다른 사람과 관계 맺는 사회적인 존재로 성장하는 것이다. 이다음부터는 모든 처음의 응용이다.

〈비커밍 유〉가 갓 태어난 아기들이 자신의 이름을 인

지하는 사건으로부터 시작한다는 점은 의미심장하다. 아직 자신의 이름도, 내가 누구인지도 모르는 아기는 이름을 불러도 반응이 없고, 거울 속 자신을 봐도 누구인지 알아채지 못한다. 화면 속의 일본 아기가 거울에 비친 자신을 '베이비'라고 말하는 장면에서, 8년도 더 지난 기억을 떠올리게 됐다. 큰 조카가 두 살이 되어 말을 배우기 시작했을 때, 온 가족은 자신이 누구인지를 알려주는 데 온 힘을 쏟았다. 조카는 정석적인 순서를 따라 가장 먼저 '엄마'라고 말했고, 그다음에는 '아빠'를 불렀다. 할머니와 할아버지도 누구인지 인식했지만 '함미', '할비' 정도로 발음했는데, 그 정도만으로도 할머니, 할아버지는 천재가 태어난 것처럼 눈물을 찍고 마는 것이었다. 나, 그러니까 '고모'는 발음은 쉽지만 가르치는 빈도가 떨어지기 때문에 가장 늦게 배웠는데, 처음에는 '고공'으로 발음했다. 물론 나 역시도 그 발음이 너무 귀여워서 영원히 고공으로 살아가도 될 것만 같았다. 재미있는 건, 그런 조카가 정작 자신을 인지하지는 못했다는 사실이다. 가족사진에서 한 사람을 찍으면 그게 누구인지는 맞혔지만, 한가운데에 앉아 있는 조카를 가리키며 "이건 누구야?"라고 물으면, 늘 "아기"라고 대답하곤 했다. 첫돌 전후의 아기들에게는 '나'라는 개념이 없으며, 걸음을 뗀 이후에도 거울이나 사진 속의 '나'를 인지하지 못한다고 한다. 자신을 먼저 알고 타인에게로 넓혀갈 것 같지만, 실제의 인식과 배움은 반대다. 타인이 없으면 자아도 없다. 한 인간은 양육자를 포함한 수많은 타인에게 이름으로 불리게 되면서 그 이름을 가진 존재인 나 자신을 인지하고, 나라는 사람의 정체성을 발견한다. 좋아하는 것이 생기고, 집중하는 것이 생기고, 타인과의 공통점뿐만 아니라 차이점도 발견하면서, 이제 막 걷고 뛸 수 있게 된 작은 인간들은 '나'를 알아간다.

내가 누구인지 알아간다는 것은 결국 나와 비슷한 모습을 한 타인이 어떤 존재인지를 알아간다는 이야기와 다르지 않아서, 내가 누구인지 알게 된 아이들은 다른 사람과의 관계를 배우고, 내가 살아가는 사회를 이어배운다. '나는 누구인가?Who Am I?'라는 제목의 첫 에피소드 이후 아이들이 배우는 모든 것은 타인과 연결되어 있다. 보르네오 바자우 마을 수상 가옥에 사는 라다는 아직 수영을 못 한다. 하지만 이웃집 친구와 함께 놀기 위해서는 헤엄을 쳐서 집과 집 사이의 바다를 건너야만 한다. 라다는 용기를 내어 물속으로 뛰어들고, 다른 사람들이 헤엄치는 걸 보고 배운 대로 팔다리를 휘저으며 친구에게로 간다. 움직이는 법과 친구를 사귀는 법을 함께 배운다. 미래를 상상하는 법을 알게 된 탓에 동생이 태어나기 전 알 수 없는 불안함을 느끼던 런던의 포피는, 갓 태어난 동생을 안아보고 불안이 사랑으로 바뀌는 순간을 경험한다. 아이들은 느끼고 생각하는 법도, 내가 아닌 존재와의 관계를 통해 배운다.

모든 성장에는 감동이 있기 마련이므로, 작품을 보는 동안 뭉클한 순간은 시시때때로 찾아온다. 그중에서도 런던의 베티 이야기를 전하고 싶다. 동물원에 간 베티는 처음으로 친구와 갈등하는 상황을 경험한다. 원숭이의 위험성을 알리는 안내판을 읽으려는 친구를 가로막고, 욕심을 내서 먼저 읽어버렸기 때문이다. 순간 베티와 친구들 사이에 어색하고 불편한 분위기가 찾아오지만, 베티는 처음 겪는 일이라 이유를 알지 못한다. 집으로 돌아온 베티는, 집에 있는 동물원 장난감을 꺼낸다. 원숭이 인형을 손에 들고 친구들과 있었던 일을 다시 떠올리고, 안내판 앞에서 어떻게 했어야 하는지 다시 고민한다. 이 장면의 내레이션이다. "베티는 더 나은 친구가 되고 다른 사람을 이해하려고 애쓰고 있다." 인간은 더 나은 관계를 맺고 타인을 이해하기 위해 본능적으로 노력하는 존재다. 이건 아이가 어른보다 낫다거나, 인간이 본질적으로 선하다는 의미는 아니다. 정확히 말하자면, 나 자신이 되는 법을 배워가는 인간은, 나라는 사람이 본래부터의 특유한 성질을 지닌 단 한 사람임을 받아들이면서 동시에 내 바깥의 모든 개인이 고유한 존재임을 본능적으로 이해하려 한다는 것이다. 나와 너는 다르지만, 다르지 않다는 것을 동시에 아는 것이 바로 '인간 됨'은 아닐까. 베티의 에피소드는 '비커밍 유'라는 제목이 담고 있는 중의적인 의미를 잘 보여준다. 이 제목을 직역하면 '네가 되기까지'가 된다. 하지만 영어의 뉘앙스를 고려했을 때는 원제목의 '너'가 타인이라는 의미가 아니라, 제목을 보고 있는 '나 자신'을 가리키는 말임을 알 수 있다. 나라면 이 다큐멘터리의 제목을 '내가 되기까지'로 번역할 것이다. 고유하게 다르다

는 점이 같으므로 나와 네가 다르지 않음을 아는, 내가
되기까지.

  이 다큐멘터리를 보고 나면 아이들이 하는 행동이나
말에 관해, 영·유아기 아기와 어른의 소통 방식에 관해
아주 조금이지만 이해도가 높아진다. 어른이 최대한 정
확한 발음의 짧은 문장으로, 아이들과 유사한 방식의
소리를 내는 유아어로 아이와 소통하는 것은 아이들의
언어 발달에 도움이 된다. 아이들이 끊임없이 물건을
떨어뜨리는 이유는 세상이 어떻게 돌아가는지 확인하
기 위해서다. 놀랍지 않은가? 물건을 던지면 반드시 바
닥에 떨어진다는 것을 거듭 확인하면서, 아이들은 중력
이라는 기본 물리 법칙을 배운다. 만나는 모든 양육자
들에게 이 다큐멘터리를 추천 중이지만, 가능하다면 모
든 사람들, 내용을 받아들일 수 있는 수준의 어린이들
까지 〈비커밍 유〉를 봤으면 한다.
  의미를 이해하지 못하는 것은 아니지만 "엄마도 엄마
가 처음이라" 같은 표현을 좋아하지 않는다. 내가 그런
말을 들었다면, "미안한데 나도 딸이 처음이라"라고 대

답했을 것 같다. 개인의 미숙함을 처음 경험하는 일이라는 핑계로 돌려버리면, 우리 모두 인간으로 살아가는 것이 처음이라고 말할 수 있게 된다. 이 다큐멘터리를 보고 나면 그렇게 말할 수 있는 건 아직 2000일을 살지 않은, 만 5세 이하의 아이들뿐이라는 것을 알 수 있다. 우리는 이미 인간으로서 생애 첫 5년 동안 모든 처음을 통과해왔다. 기억을 하든 그렇지 않든, 그 어떤 사건도, 감정도, 관계도, 변화도 그때의 우리가 만나고 경험한 방식에서 완전히 새로운 것은 아니다. 그 시절의 눈부시고 감동적인 성장을 확인한 어른이라면, '처음이라 그렇다'는 핑계로 자신의 미숙함을 다음 세대에게 변명하는 일이 얼마나 부끄러운 태도인지 알 수 있을 것이다. 어른이라면 아이의 성장을 지켜보며 변명거리를 찾아내기에 앞서 책임감을 느껴야 한다. 실제로 모든 것이 처음인 작은 인간들을 환영하지 않는 사회를 만들어버린 책임, 어린이들에게 '되고 싶은 것은 무엇이든 될 수 있다'고 자신 있게 말해줄 수 없는 세계에 그들을 살게 한 책임은 어른들에게 있다.

2021년의 가장 가슴 아픈 한마디도 둘째 조카에게서

들었다. 놀이터를 갈 준비를 하며 마스크를 챙겨 쓰곤, 조카가 말했다. "네 살 때가 좋았어요." 조카가 한국 나이로 네 살이었던 해는 2019년. 돌이켜보면 가장 멀게 느껴지는, 팬데믹 이전의 마지막 해다. 세상이 나빠지는 속도가 가파르고 숨차게 느껴질 때마다, 내가 이런 세상에 살고 싶지 않은 마음보다 조카들이 이런 세상에 살지 않았으면 하는 마음이 갈수록 커진다. 이름을 가진, 다음 세대의 한 존재를 사랑하는 일에는 수많은 걱정과 그보다 크고 무거운 책임이 따라온다는 것을 새삼 깨닫는다. 계속해서 나빠질 세계에 대해 말하려다가 입을 꾹 다물고 침을 삼키곤 한다. 종말과 불행에 대해 쏟아놓은 언어들을 모조리 주워와 아무도 볼 수 없는 곳에 숨겨두고 싶다. 네가 행복하게 뛰어놀기 위해 눈이 내리기를, 나보다 네가 먼저 마스크를 벗게 되기를 간절히 바라게 된다. 바라며 걱정하게 되고, 그러다 때로는 태풍 같은 걱정에 휩쓸리기도 한다.

　조카들을 떠올릴 때면 아름답고 놀라운 바다 같다가도 시시때때로 불안한 파도가 치기도 했던 마음이 〈비커밍 유〉를 보고 난 뒤 조금은 잔잔해졌다. 이전과는 완전히 달라진 세계지만, 나의 조카들을 포함한 모든 어린이는 할 수 있는 모든 방법을 동원해 살아가는 법을 배우고 있을 것이다. 팬데믹 이전이나 이후가 아니라 오직 현재를 살면서, 모든 어린이는 부지런히 자란다. 2020년과 2021년, 그리고 2022년 언제 끝날지 알 수 없는 전염병의 시대를 통과하며 모든 것이 나빠져가는 것처럼 느껴지던 수많은 순간에도, 조카들이 자랐다는 것을 확인할 때마다 고집과 적막, 불안을 견딜 힘이 생기곤 했다.

　유년기의 어린이는 한 계절만 지나도 훌쩍 키와 몸이 커진다. 얼굴의 골격이 변하고, 목소리도 바뀐다. 한 달 전에는 몰랐던 단어를 쓰고, 관심사가 달라지고, 마음을 표현하는 방식도 변한다. 매일 새로운 것을 배우기 때문이다. 나와 이름이 비슷한 둘째 조카는 자기 이름의 자음과 모음을 떼어 다시 조립하면 고모의 이름이 된다는 것을 배웠다. "제 이름에는 고모 이름이 들어있어요." 나도 배웠으니 잊지 않을 것이다. 내 이름 안에 너의 이름이 있다는 아름다운 우연을. 수많은 처음을 경험하며 세상에 단 하나뿐인 존재로 성장해가는 인간을 깊이 사랑하면서, 나 역시 내가 되어간다. 1만 4000일을 넘게 살았는데도 몰랐던 나, 새로운 내가 되어간다. 다섯 살이 되기 전에 분명히 배웠을 텐데, 이건 미처 몰랐다.

계속 살아야 하는
나를 위해서

〈완다비전WandaVision〉

"모두 제자리로 돌려놓을 거죠? 모두를 위해서."

"그래요. 모두를 위해서."

'요즘 애들'이라는 제목의 드라마 기획안을 가지고 있다. 앤 헬렌 피터슨이 밀레니얼 세대에 대해 쓴 책 《요즘 애들Can's Even》의 제목이 정말 멋지다고 말하는 사람을 보면 그 제목은 5년 전부터 내 거라고 말하고 싶은 충동을 참곤 한다. 엄밀히 말하자면 나의 아이디어라고 보기는 어렵다. 당시 함께 기획 중이던 PD가 한 예능 프로그램을 보고 와서 '요즘 애들'이라는 단어의 느낌이 어떠냐고 물었을 때, 딱이라고 생각하고 제목으로 정했을 뿐이다. 진행자가 자기 입장에서는 이해할 수 없는 고등학생들의 행동을 보면서 "요즘 애들이란" 하고 중얼거렸다던가. 아무튼 완성된 형태로 세상에 나가지 못했기 때문에 '요즘 애들'이라는 멋진 제목을 선

점하는 데 실패한 나의 기획안 속 주인공들은, 앤 헬렌 피터슨의 책이 다루고 있는 밀레니얼 세대는 아니었고 굳이 따지자면 Z세대였다. 아직도 관심을 가지는 제작자가 없으므로 홍보 겸 내용을 슬쩍 공개하자면, 청소년 초능력자들의 이야기다. 요새 스타일로 줄여 말하자면 '초능력, 근데 조금 하자가 있는' 정도로 설명이 될 것 같다. 초인적인 능력이 있지만, 그걸 발휘하기에는 어정쩡한 한계가 함께 있어서 딱히 쓸모를 찾지 못하고 소소한 장난이나 치면서 살아가던 인물들이 우연히 한데 모인다. 모여 보니 힘을 합치면 뭔가 될 것도 같아서 좌충우돌하며 사건 사고를 벌이다가도 서로를 믿으면서 사라진 동네 강아지를 구하는 그런 이야기다. 여기서 봉준호 감독의 장편 데뷔작 〈플란다스의 개〉가 떠올랐다면 자연스러운 연결이다. 쓸 때는 전혀 몰랐는데 지난 해 〈플란다스의 개〉를 다시 본 뒤 깜짝 놀랐다. 나의 무의식에 아파트 강아지 구하기 소동극이 강렬히 남아 있었던 걸까? 아니면 천재든 범인(凡人)이든 아이디어 수준에서는 비슷한 것일수도 있겠다. 그래도 이후 내용은 다르게 전개되니 다행이 아닐 수 없다.

다섯이 모여야 겨우 슈퍼히어로 흉내를 낼 수 있는 나의 주인공 '요즘 애들'이 나름의 최선으로 강아지를 구한다. 구하고 보니 이들의 행동이 더 큰 위험에서 더 많은 사람들을 구하는 일과 연결되어 있었다는 식으로 이야기가 이어진다. 어쩐지 뒤로 갈수록 두루뭉술하게 넘어가는 느낌이 든다면, 예리했다. 아직 쓰지 않았기 때문에 뒤에 어떤 일이 벌어지는지, 나도 모른다. 작가에게도 쓰지 않은 이야기가 어디로 향할지 알 방도는 없다. 그저 쓰고 싶은 게 무엇인지 정도만 막연하게 간직하고 있을 뿐이다. 쓰다가 그것도 달라질 수 있겠지만, 아직 쓰지 않은 내가 쓰고 싶었던 건 아주 작은 것을 구하는 약한 사람들의 이야기였다. 나는 어마어마한 규모의 위험이나 공포에서 세계를 구해내는 슈퍼히어로의 이야기에는 큰 관심이 없다. 초능력이 있어도 약하고, 신비한 힘을 가지고 있어도 의심받고, 가진 능력이나 힘이 특별하고 대단하게 여겨지기 보다는 별나고 미심쩍은 것으로 여겨지는 사람들이 세상에서 '겨우 그 정도'로 대우받는 작고 약한 존재를 구하는 것으로 누군가의 세계를 구하는 그런 이야기가 내가 쓰고 싶은 이야기였다. 디즈니 플러스의 〈완다비전〉의 한 대사를 듣고, 오랜만에 아직 쓰이지 않은 나의 이야기가 떠올랐다. 세계를 만드는 일에 어떤 책임이 따르고, 세계를 구한다는 것은 또 어떤 의미인지를 다시, 생각하게 됐다.

우리의 현실이 또 하나의 멀티버스라고 여겨질 정도로 거대한 마블 세계관 안에서 〈완다비전〉은 영화 〈어벤져스: 엔드게임Avengers: Endgame〉 직후의 시간대에 위치해 있다. 설명이 조금 복잡하게 느껴지겠지만, 알고는 있어야 한다. 〈스파이더 맨: 노 웨이 홈Spider-Man: No Way Home〉을 온전히 이해하기 위해서는 톰 홀랜드가 연기하는 마블의 〈스파이더 맨〉 시리즈와 〈어벤져스〉 시리즈뿐만 아니라 토비 맥과이어가 스파이더 맨으로 등장하는 시리즈 3부작, 앤드루 가필드가 등장하는 〈어메이징 스파이더 맨The Amazing Spider-Man〉 시리즈 2부작까지 봐야 한다는 사실을 깨달았을 때, 나 역시 절망감을 느꼈다. 이와 같은 심정을 공유하지 않기 위해, 최선을 다해 배경을 설명해보도록 하겠다. 마블의 지구 수호대 '어벤져스'의 일원인 '스칼렛 위치' 완다 막시모프(엘리자베스 올슨)는 어벤져스와 타노스의 마지막 전투에서 사랑하는 연인 비전(폴 베터니)을 잃었다. 초능력을 각성하기 전에 전쟁에서 부모를 잃었고, 슈퍼히어로로 군단의 일원으로 참여한 첫 전투에서 유일한 혈육인 쌍둥이 남매마저 전사한 외톨이 완다의 유일한 사랑인 비전마저 떠났으므로, 완다 곁에는 아무도 없다.

일단 정보가 여기까지인 상태에서 〈완다비전〉 1회를 보면, 설명을 제대로 한 것인지 의심스러울 것이다. 4:3 화면비의 1950년대 미국 시트콤 분위기가 넘쳐흐르는 화면 속에, 웨스트 뷰라는 작은 마을에서 알콩달콩한 신혼생활을 막 시작한 완다와 비전이 살아 움직이고 있으니 말이다. 비전은 죽었다고 하지 않았는가? 혼란스러울 수 있다. 하지만 여기서부터는 설명을 동원할 필요가 없다. 도대체 어떻게, 그리고 왜 이런 상황이 벌어졌는지를 따라가는 과정이 〈완다비전〉이기 때문이다. 이상의 정보 없이 본다면, 타노스와의 혈투에서 1세대 어벤져스들을 떠나보낸 마블 팬들을 위로하는 깜짝 쇼처럼 보이기도 한다. 깜짝 쇼는 맞다. 단지 팬들을 위로하는 쇼가 아닐 뿐이다. 이 쇼는 완다를 위로하는 쇼다. 세계에서 가장 가난한 나라 중 하나로 설정되었던 가상의 동유럽 국가인 소코비아 출신으로, 끊임없는 전쟁을 치르며 지구와 인류를 지켰지만 사랑하는 사람은 단 한 명도 지키지 못한 비극의 주인공, 완다의 환상이다.

언제부턴가 마블 유니버스에 대해서라면 그게 어떤 정보라도 입을 때는 순간 스포일러가 되어버렸으므로 차라리 미리 공개하려고 한다. 이 작품은 제목이 스포일러다. 우리는 완다의 환상을 보고 있다. 보통의 사람이라면 환상은 그저 상상일 뿐이다. 하지만 사람들의 정신을 조작하고 지배할 수 있으며, 현실을 조작하고 심지어 창조할 수 있는 힘을 가진 완다의 상상은 현실이 된다. 조작된 현실을 현실이라고 말해도 좋은지는 모르겠지만, 완다의 힘이 미치는 한, 이야기를 넘어 세계가 조작될 수 있다. 어디서 이렇게 끊임없이 솟아나는지 모를 온갖 악당과 끊임없는 위험에 맞서 지구를 구하는 데 힘을 보탰지만, 나의 세계는 텅 비어버린 한 사람이 더는 견딜 수 없어 만들어낸 세계가 〈완다비전〉의 웨스트 뷰다. 제 삶에 이어져온 끊임없는 비극을 되돌릴 수 없다면, 차라리 만들어내기로 한 완다의 해피 엔딩이다.

마블의 슈퍼히어로는 지구를 구한다. 종종 뉴욕을 구하는 것이 아닌지 헷갈리기는 하지만, 지구를 구하는 게 맞다. 지구를 구하다가 우주의 절반도 구한다. 자기 능력도 제대로 조절하지 못하는 초능력자들이 강아지를 구하는 이야기를 쓰려고 했던 나로서는 상상도 하지 못할 스케일이다. 하지만 그런 커다란 이야기에도, 실은 커다란 이야기라서 빈 구석이 있다. 〈완다비전〉은 그 빈 곳을 채운다. 세계를 구하는 슈퍼히어로가 자신이 사랑하는 사람만은 구하지 못했다면, 그의 세계는 구해진 것일까? 세계를 구한다는 것의 의미는 과연 무엇일까? 울트론으로부터 지구를 구했을 때, 완다는 몸과 영혼의 쌍둥이인 오빠를 잃었고 소코비아는 폭발했다. 타노스와의 전투에서는 지구를 구하기 위해 스스로 연인 비전을 파괴해야 했고, 그마저 실패로 돌아가면서 연인의 죽음을 두 번이나 겪어야 했다. 이름과 얼굴을 알지 못하는 수많은 사람을 구해내며 지켜온 세계가 나의 세계가 아닐 때, 나는 정말로 세계를 구한 것일까?

그래서 완다는 '나의 세계'를, 내가 구해야 하는 존재가 살아 있고 날 사랑해주며 내가 원하는 삶을 이어갈 수 있는 세계를 창조해낸다. 그럴 힘이 있기 때문이다. 넓게 보자면, 완다가 한 일은 예술이다. 완다는 이야기를 다시 쓴다. 다만 그 이야기가 조작된 현실 속에서 실제로 벌어질 뿐이다. 완다가 이를 시트콤의 형태로 보여주고 TV로 중계한 이유는, 어린 시절에 시트콤을 가장 좋아했기 때문이다. 세계관에서 가장 큰 비극을 겪었으나 아직 살아 있어 슬픈 이 가엾은 슈퍼히어로는, 자기에게 가장 익숙하고 오래된 형태로 나의 세계를 만들어 나의 이야기를 이어간다. 이 얼마나 아름답고 특별한, 애도와 사랑을 쓰고 말하고 노래하는 모두가 하는 시도인가. 우리는 할 수 없었고, 완다는 할 수 있었을 뿐이다.

　하지만 만들어낸 이야기에는 끝이 있기 마련이다. 비극에 지친 완다가 행복을 속성으로 느끼고 싶었기에 감정과 연동되는 그의 초능력은 시간을 빨리 흐르게 만들었고, 완다의 세계 안에서 부활하고 태어난 비전과 두 아들은 불완전하고 날림인 세계의 흔적들을 발견하고 수상함을 느낀다. 이와 동시에 완다가 만든 세계 바깥의 사람들이 이를 눈치채고 파괴하려고 하면서 〈완다비전)은 끝을 향해 간다. 마블답게도 모두를 위한 결말로.

마블이 끊임없이 펼쳐나가는 세계를 언제부턴가 팔짱 끼고 보게 된 관객이지만, 처음으로 완다가 '모두'에 속하게 되는 〈완다비전〉을 보며 울지 않을 수 없었다. 이 세계의 안전과 평화가 지켜지는 순간마다 나의 세계가 무너지고 사라지는 경험을 해야 했던 여성이 스스로 자신의 이야기를 쓴다. 더는 구하고 싶은 사람도, 세계도 없는 완다는, 그 세계를 스스로 만든다. 창세기의 천지 창조로부터 이어져온 교훈이 여기 있으니, 세계를 만드는 데는 책임이 따르며, 창조주가 금지한 일을 피조물이 행하면 모든 일을 되돌려야 한다는 교훈이다. 부활시킨 비전이 완다가 만든 세계의 작동 원리를 깨달았을 때, 완다는 주어진 시간이 끝났음을 직감한다. 모든 걸 제자리로 돌려놓아야 한다. 모두를 위해서. 나의 세계가 부서지는 고통과 또 한 번의 이별을 감당한 뒤로도, 계속 살아가야 하는 나를 위해서.

세계를 구한다는 것은 어떤 것일까. 세계를 위협하는 존재를 제거한다는 의미일까. 슈퍼히어로가 등장하는 영화에서는 대체로 이런 의미로 사용되는 것 같다. 하지만 〈완다비전〉을 보면 알게 된다. 슈퍼히어로 군단이 세계를 위험에 빠뜨리는 존재를 물리치고 모두가 속한 세계를 안전하게 수호할 때, 모두에 포함되지 않는, 속한 세계가 없거나 이미 잃은 사람들은 구원되지 않는다. 안전하게 지켜진 세계는 이들을 쉽게 잊는다. 구해내야 할 각자의 세계를 품고 세상에 왔으나 더 큰 세계를 지키느라 희생된 사람들, 배경이 되는 사람들이 있다. 나의 이야기와 나의 세계가 거대한 이야기에서 자꾸 생략되고, 지도에서 자꾸 지워지는 사람들이 있다. 완다도 그들 중 하나다. 완다는 힘을 갖게 되었어도 약한 주제에 걸맞지 않은 힘이 생겼으므로 악한 존재라는 모함을 받는 마녀이고, 입이 떡 벌어지는 크기의 아이맥스 스크린에서 화려하게 펼쳐간 마블 시네마의 오리지널 시리즈에서도 오직 짧은 비극만을 선물 받은 젊은 여성 히어로다. 완다는 자신이 되살린 사랑하는 비전과, 만들어낸 비전을 통해서 자신과 같은 이들에게도 구해내야 할 세계가 필요하다는 걸 물리적으로 보여준다. 세계를 구한다는 것은 이들의 이야기도 구해내는 것이다. 사랑하는 이들의 곁에 머물고 싶어 세계를 창조했고 죄 없는 이들에게 잠시 고통을 주었지만, 등장인물 그 누구에게도 비극을 선물하지는 않았던 완다 막시모프의 이야기 〈완다비전〉이 만들어낸, 슈퍼히어로 서사의 새로운 길이다.

완다 덕분에 나의 '요즘 애들'이 강아지를 구하면서 동시에 무엇을 구해냈는지 알게 되었다. 나의 주인공들은 강아지와 함께 뛰어놀며 자라던 한 아이가 써가던 이야기의 방향을 바꾸었다. 슬픈 결말 대신 이어질 내일을 선물했다. 정해지지 않은 결말을, 이야기가 바뀔 수 있는 가능성을 주었다. 나는 이 정도면 세계를 구한 거라고 생각했던 것 같다. 〈완다비전〉에 의하면, 세계를 구한 게 맞다. 그러니 이제 쓰기만 하면 된다. 강아지도 구하고 세계도 구하고 그러다가 자신도 구하는, 엉뚱한 요즘 애들의 이야기가 내 안에 이미 있으므로. 나는 이 글에서 이야기와 세계를 종종 같은 의미로 섞어서 사용했다. 이제 알겠지만, 내게 둘은 거의 같은 의미다.

해피 엔딩 이후에도
계속 살아야 하는 이유

인생의 기본값은
적당한 불행

〈콩트가 시작된다コントが始まる〉

"맥베스호는 아무런 보물도 발견하지 못하고

가던 도중에 침몰하지만, 너희랑 모험할 수 있어서 다행이었어.

평생의 추억이 생겼다."

원작도 읽지 않았고 영화도 보지 않았지만 늘 '헐리우드 키드의 생애'라는 제목이 멋지다고 생각해왔다. 그렇지만 나에게 딱 맞아떨어지는 단어는 아니라고 느껴진다. 나는 영화 이상으로 드라마를 좋아했고 그 외에도 온갖 대중문화 콘텐츠를 거의 다 찾아보고 알고 있는, 연예면에 등장하는 모든 장르에 잡다한 애정과 관심을 가진 어린이였다. 꼭 그래야 할 이유가 있는 건 아니지만, 그 시절의 나에게 키드라는 단어를 붙여야 한다면 '연예면 키드'는 자존심이 허락하지 않으니 조금 심심해도 'TV 키드'가 가장 적당할 것 같다. 배경에 화면과 소리가 없는 상태를 견디지 못하고 1990년대까지는 디지털 얼리어답터의 길을 갔던 양육자와 함께 산다면, TV 키드의 세계는 천국이 된다. 내가 미취학 아동이었을 때 살던 집은 불법 가건물이라 주소도 없었는데 비디오 플레이어라고 불렀던 VHS 플레이어는 있었다. 아빠는 액션 영화를 봤고, 나와 오빠는 만화 영화나 레슬링, 어린이 영화를 봤다. TV 편성표를 외우는 일은 기본 중의 기본이었다. 아빠가 유난히 극성스러운 딸에게 리모컨을 넘기고, 나중에는 또 하나의 TV까지 선사한 이후로 나는 TV와 함께 살았다. 온갖 예능 프로그램과 음악 쇼, 드라마를 보다가 잠들고, 벌떡 일어나 학교를 다녀와 또 TV를 보았다. 그중에서도 보통 '미니시리즈'라고 부르는 16부작 드라마를 가장 좋아했다. 사람들이 영화와 드라마 중에 뭐가 좋은지 물으면 늘 드라마라고 대답하는, 헐리우드 키드는 될 수가 없는 아이였다.

일주일을 꼬박 기다려야 다음 이야기가 찾아온다는 것 때문에 드라마가 좋았다. 언젠가는 끝나지만 당장은 끝나지 않는 이야기가 남아 있다는 것만큼 멋진 일은 없다고 믿었다. 한 드라마를 따라가며 그 안의 인물들과 함께 울고 웃고 아파하고 행복해하며 두 달 정도의 시간을 보내면, 문득 계절이 바뀌어 있곤 했다. 사랑

하는 드라마가 있는 사람은 한 계절을 이야기와 함께
살 수 있다. 그게 내가 아는 드라마의 가장 아름다운 부
분이었다. 지금도 어떤 드라마의 제목을 떠올리면 방영
되던 해의 여름이, 또 겨울이 흘러간다. 보고 있는 드라
마의 다음 회차를 만나기 위해서는 일주일의 시간을 기
다려야 했으므로 틈새에 나는 아르바이트를 하러 갔고,
시험이나 면접을 준비했으며, 일주일만큼씩 나이 들어
갔다. 2000년대였고, 20대였다.

그때의 나에게 찾아가 네가 30대에 접어들 즈음이 되
면 케이블 TV조차 신청하지 않게 되며, 손수 한국방송
공사에 전화를 걸어 전파를 쓰는 텔레비전 수상기가 없
으니 전파사용료를 면제해달라는 요청을 하게 될 거라
고 말해준다면, 20대의 나는 어떤 표정을 지을까. 네가
가짜 시간 여행자라는 증거를 잡았다고 말하지는 않을
까. 요새는 드라마를 기다리는 일이 거의 없다. 언제부
턴가 한국 드라마를 덜 보게 되었고, 해외 드라마는 대
부분 몰아 보기가 가능하기 때문이다. 다음 회차까지의
기다림의 시간은 겨우 몇 초이거나 길어도 하루를 넘기

지 않는다. TV를 끊고 OTT 플랫폼 서비스로 갈아탄 후 스트리밍 감상이 습관화되면서부터 몰아 보기는 일상적인 일이 됐다. 새로운 드라마 한 시즌과 하룻밤을 맞교환하는 일이 흔했다. 멈추지도 기다리지도 않고 이야기의 끝을 향해 전력 질주하는 일 역시 나름의 매력이 있었으므로 '끊지 못하고 봤다'는 표현을 자주 칭찬으로 썼다. 한국 드라마가 보고 싶어지면 마지막 회가 방영되는 날을 기다렸다. 다시 보기로 한 번에 보는 게 마음이 편했다. 이런 기다림은 호기심에 가까웠고, 다음 이야기를 궁금해하면서 살아가는 일주일과는 온도가 달랐다.

왓챠에서 〈콩트가 시작된다〉를 발견한 것은 2021년 6월의 일이다. 4회까지 공개되어 있었다. 정확한 이유는 알 수 없지만 왓챠는 일본에서 이 드라마가 방송된 방식과 똑같이 매 회를 일주일의 시차를 두고 공개했다. 5월 말에 1회가 공개되었으므로, 마지막 회는 7월 중순에야 볼 수 있다는 의미였다. 4월 중순에 일본 NTV에서 첫 공개되었기 때문에 왓챠 1회 공개 당시에도 아직 일본 방영이 끝나지 않은 상황이었던, 따라서 어떤 작품이 될지 정확히 예측하기 어려운 해외 드라마를 수입하면서 일주일에 한 회씩 공개하는 전략은 모험이 아닐까 싶었다. OTT 플랫폼의 특성상, 작품을 시청하다가 잠시의 답답함에 멈춤 버튼을 누르면 영원한 정지로 남는 일이 흔하게 벌어진다. 내가 그러하듯이 시청자들은 기다리지 않고 끝을 보는 일에 이미 익숙하다. 〈콩트가 시작된다〉는 내용마저도 시청자들을 붙들어두기 위한 전략이 총동원되는 OTT 드라마 시리즈의 스타일과는 거리가 멀었다. '다음 회차 보기'를 누를 만한 강렬한 엔딩도 없고 끝을 꼭 보고 싶은 뚜렷한 이야기가 있는 것도 아닌, 설명만으로는 좀 맹숭맹숭한 느낌의 드라마를 재생한 건, 순전히 심심해서였다. 일과 상관없이 보내는 시간이 30분만 흘러가도 죄책감을 느낄 만큼 바빴고, 정신을 차리면 믿어지지 않을 정도로 심심했던 이상한 시기, 왜인지 텅비어 있던 한 시간을 〈콩트가 시작된다〉로 채우면서 여름이 시작됐다. 화면 속에는 인생의 중요한 결정을 내리거나 시작한 일의 끝을 보는 것에도 지지부진한 20대 끝물의 청춘 몇 명이 오늘을 살아가고 있었다.

고등학교 동창인 하루토(스다 마사키)와 준페이(나카노

다이가), 슌타(가미키 류노스케)는 개그 트리오 '맥베스'를 결성해 10년째 활동 중이다. 인기는 없다. 나카하마(아리무라 가스미)는 번아웃으로 퇴사한 뒤 패밀리 레스토랑에서 아르바이트를 하며 지낸다. 일주일에 한 번 같은 시간에 식당에 와서 회의를 하는 세 사람이 코미디언이라는 사실을 알게 된 나카하마는, 나만큼이나 심심했는지 유튜브를 뒤져 이들의 콩트 영상을 찾아본다. 아르바이트를 하는 시간을 제외하면 식물처럼 집에 가만히 있던 나카하마가 허무 개그에 가까운 맥베스의 콩트에 웃음을 터뜨린 순간, 맥베스는 나카하마의 스타가 되었다. 알고 보니 그것도 옆집에 사는 스타였다. 히키코모리처럼 지내던 퇴사 직후의 나카하마를 돕기 위해 잠시 함께 살고 있던 동생 츠무기(후루카와 코토네)까지 언니의 팬심과 맥베스의 존재를 알게 되면서, 은퇴 직전의 코미디언 세 사람과 두 자매는 애매한 이웃 정도의 사이로 지내며 서로의 삶에 조금씩 발을 들여놓기 시작한다.

보통의 관객이나 시청자의 눈에는 크게 재미있지 않아 보이는 맥베스의 콩트처럼, 〈콩트가 시작된다〉의 매력 역시 보고 있으면 천천히 드러나는 종류의 것이다.

주인공들이 너무나도 평범한 사람들이기 때문에 그렇다. 평범하다는 것은 무엇인가. 뛰어난 것이나 색다른 것이 없는 보통의 상태로 인생을 살아간다는 것은, 대체로 힘겨운 삶을 살아간다는 의미와 다르지 않다. 인생의 기본값은 적당한 행복이 아닌 적당한 불행이며, 행복과 행운은 매우 희소한 감정이고 타이밍이다. 다시 쓰지 않는 한 뚜렷한 기승전결도 없고, 내 이야기의 어디쯤에 와 있는지를 인식할 수도 없다. 특별하고 비범한 일은 벌어지지도 않은 것 같은데, 인생의 하이라이트는 지나가버렸을 수도 있다. 하지만 청춘이라고 불리는 나이대에는 이조차도 알지 못한다. 아무리 간절해도, 아무리 노력하고 애써도 뜻대로 되지 않는 일이 있다는 것을 모르고, 꿈이 이루어지는 경우가 훨씬 적다는 것도 모른다. 겨우 이루어졌어도 다음 스테이지가 있고, 그 무대의 주인공은 내가 아닐 수 있다는 것도 모른다. 맥베스 세 사람은 이 모든 것을 알아가는 중이다. 코미디언이 되었지만 인기를 얻고 이름을 알리는 데는 실패했다. 10년이라는 시간 동안 온 마음과 시간을 쏟았지만, 이제 무대에서 내려올 시간이다. 어쩌다 이렇게 시간이 흘러버렸는지 알 수 없어서 어리둥절한 채로 서 있는 사람들. 이제 다음을 향해 가야 한다고 말하는데, 어디로 가야 하는지 알 수 없어서 눈치를 보고 있는 사람들. 〈콩트가 시작된다〉는 이런 인물들의 고민과 마음을 들어주는 데 시간을 쓴다. 이 마음이 느껴진다면, 이미 이 드라마를 사랑하고 있는 것이다.

3회에는 나카하마가 직장에서 어떻게 소진되어갔는지를 고백하는 장면이 있다. 나카하마는 평생을 모범생으로 살았다. 성실하게 노력했고, 다른 사람들의 일까지 도맡아 했다. 그런데 불행해졌다. 아무리 노력해도 행복해지지 않을 수 있는 게 삶이다. 착하고 성실하게 살아도 피해를 받고, 아무 잘못이 없어도 나쁜 일이 벌어질 수 있는 게 인생이다. 학교에서는 아무도 가르쳐주지 않았던 진실을 경험한 뒤, 살아갈 힘을 잃은 나카하마는 자신을 내버려두는 시간을 보내는 중이다. 열심히 한다는 건 무서운 일이라고, 이런 경험을 한 사람은 열심히 하지 않는 쪽을 택하게 된다는 나카하마의 고백을, 동생 츠무기와 맥베스 세 사람은 조용히 들어준다. 결국 눈물을 흘리고 마는 나카하마에게 쥰페이가 발을 닦은 수건을 건네는 장면은, 내가 이 드라마에서 제일 좋아하는 장면 중 하나다. 발을 닦은 수건이라니. 준페이를 혼내며 두 친구가 웃는다. 한없이 애틋한 표정으로 언니를 바라보던 츠무기도 웃는다. 나카마하도, 울다가 웃는다. 나카하마가 텅 빈 채로 누워만 있었던 작고 어두운 집에 눈물 대신 웃음이 번진다. 웃음이 환하게 켜진다. 섣불리 위로하지 않는 이들 사이에서 왁자지껄한 다정함이 보글보글 끓어오르다가 흘러넘쳐 나에게 닿았을 때, 나는 이 드라마의 다음을 기다리기로 했다.

돌이켜보면 20대 때 일주일을 기다리며 본 드라마 속 인물들 역시 〈콩트가 시작된다〉의 주인공들과 비슷했다. 간절하게 꿈을 꾸지만 이루어지지 않는 현실에 당황하고, 하고 싶은 일도 바라는 것도 없어 텅 빈 자신을 발견하고, 사랑만으로 쉽게 행복해지지 않는다는 사실에 어리둥절한 청춘들. 때로 지리멸렬하고 이상할 정도로 내게만 가혹한 것 같은 삶을 그래도 누군가와 같이 견디기를 택하는 먼지 같은 인물들에게, 그 시절의 나를 많이 겹쳐두었다. 그래서 기다릴 수 있었을 것이다.

기다리지 않으면 다음 이야기를 보지 못하듯이, 내 인생의 다음 장 역시 기다려야 온다는 걸 그때 드라마를 보며 배웠다.

8회에서는 마지막 공연의 콩트 순서지가 공개된다. 잘 따라왔다면, 순서지가 의미하는 바를 알 수 있을 것이다. 매회 시작과 끝에 봐온 맥베스의 콩트는 모니터 속의 과거가 아니라, 이제 막 시작될 맥베스의 마지막 공연의 일부다. 인기를 얻지 못했지만 최선을 다해서 좋아하는 일에 승부를 걸었던 한 코미디언 팀의 마지막 공연을 이 드라마를 처음부터 끝까지 본 사람만이 선물 받게 되는 구성이 좋다. 시간과 마음을 쓴 사람만 받게 되는 선물이 있다는 건 다정한 일이 아닐 수 없다. 인생에는 이런 선물이 자주 찾아오지 않기 때문에 더욱 그렇다.

인생을 아는 것처럼 쓰고 있지만 사실 하나도 모른다. 주인공들보다 10년 정도 더 살았지만, 솔직히 말하자면 20대 때보다 더 모르겠다. 인생도 사랑도 일도 꿈도, 아무것도. 하지만 이 모든 것에 주어진 시간이 있다는 것만은 안다. 그 시간은 결국 끝난다는 것도 안다. 나카하마처럼 최선을 다하고 열심히 했어도, 많은 것을 잃을 수 있다. 하지만 그래야만 덜 후회할 수 있을 거라고, 그렇기를 바란다고 지금은 생각한다. 자신에게 '그래도 나는 내가 할 수 있는 만큼 했다'고 말할 수 있는 사람은, 스스로 졌다는 것을 깨달아도 잘 지는 게 무엇인지 배울 수 있을 테니까. 그렇게 한 시절이 마무리되고 난 뒤에도, 계속 살아가야 한다는 걸, 지금은 알지만 이 드라마의 주인공들과 같은 나이일 때는 몰랐다. 어른이 되어서 그런 걸 배울 때면, 사람들은 참 자주 운다는 것도.

〈콩트가 시작된다〉의 다음 이야기를 기다리는 동안 여름이 흘러갔다. 세계가 더없이 소란한 와중에도, 어쩌면 그랬기 때문에 일상은 한층 지루하고 고요했다. 더위 때문에 생산성과 집중력이 떨어진 밤이면 스마트폰의 절전 모드처럼 사는 건 아닌지 걱정하기도 했다. 억지로 밝기 조정을 당해 미묘하게 어두워진 채로, 에너지 소모가 크면 울려대는 경고 알람을 들으며 전원이 꺼지듯 잠드는 날이 이어졌다. 그래도 착실하게 시간이 흘러 토요일이 찾아오면 〈콩트가 시작된다〉를 봤다. 평일에는 엔딩 곡인 아이묭의 '사랑을 알기까지는愛を知る

までは'을 들으면서 비눗방울을 만들었다. 그 사이에 맥베스는 마지막 공연을 했다. 눈물 없이는 볼 수 없는 가위바위보 끝에 냉장고를 획득한 하루토는 새집으로 이사했다. 나카하마는 새로운 직장에 취직했다. 모두들 계속 살았고, 나도 그렇게 했다.

지난 여름, 마지막 회를 남겨두고 이 작품에 대해 쓴 글을 이렇게 맺었다.

"사람들의 바람과 소망을 이뤄주던 하루토는 자신을 위해서 어떤 결정을 내릴까? 맥베스의 해체 공연은 어떤 모습이고, 마지막 콩트인 '이사'는 어떤 내용일까? 아직은 알지 못하지만 기다리길 잘했다고 생각하게 될 것 같은 예감이 든다. 그리고 나중에는 이렇게 말하게 될 것 같다. 바이러스 때문에 내내 집에 머무르며 하루에도 날씨가 몇 번씩이나 변하는 창밖의 세계를 바라보는 동안 고요히 지쳐가던 무더운 여름이었지만, 〈콩트가 시작된다〉를 기다렸던 덕분에 견딜 만한 2021년 7월이었다고."

그랬다. 견디고 나니 가을이 왔다. 드라마는 정말 멋진 장르다.

단 하나의 장르로 남아야 한다면
인생은 코미디다

〈위 아 40 The Forty-Year-Old Version〉

"FYOV의 시간이야. 네 목소리를 찾아

FYOV Forty - Year - Old Version.

당연히 40살 버전이지.

FYOV 거짓말 늘어놓기는 내 천성에 안 맞아.

네 목소리를 찾는 거야."

나에게는 코로나19로 인해 잃어버린 2년을 되찾을 멋진 아이디어가 있다. 거의 시간 여행급이다. 단 한국인에게만 적용되는 방법인데, 민족 특성상 그렇다면 더 솔깃할 사람이 많을 것이다. 이렇게 말하면 거창해 보이지만 이미 다들 알고 있는 아이디어다. 간단하다. 매년 1월 1일과 동시에 한 살의 나이를 먹게 되는 한국식 나이 계산법 대신, 한국을 제외한 전 세계가 사용 중인 만 나이를 공식적으로 사용하면 된다. 생일이 지나지 않았다면 단번에 두 살, 생일이 지났다면 한 살씩 젊어진다. 이 글을 쓰고 있는 시점은 2022년 초입이므로, 거의 대부분의 사람이 두 살씩 젊어질 수 있다. 물론 물리적으로 노화에 역행하게 되는 것은 아니다. 하지만 기분 정도는 바뀌고도 남는다. 기분이 좋아지면 주름살 한두 개 정도는 펴질지도 모른다. 뭘 하자고만 하면 사회적 합의가 필요하다고 말하는 정치인들은 특히 새겨 듣기를 바란다. 이 아이디어를 제안하는 그 즉시, 합의는 시간문제다.

특히 한국 나이 기준으로 2022년에 앞자리가 바뀐 생년 끝자리가 3인 사람들이라면 이 아이디어를 듣자마자 '유레카'를 외쳤을 게 틀림없다. 1983년생인 나? 당연히 고맙다. 새해가 되자마자 친구들이 전부 자기가 마흔이 되는 날이 올 줄 몰랐다고 말할 때 '나는 알았는데'라고 대답했던 차가운 나지만, 모두가 기뻐할 소식이니만큼 당장이라도 복음을 전하고 싶다. 우리 아직 서른여덟이래. 세상에. 아직 마흔이 되려면 한참 남았잖아! 마흔 살이 되어도 달라지는 건 아무것도 없다고 생각하는 나조차 이런 마음이 드는데, 나이에 집착하는 한민족 전체의 기분을 한껏 끌어올릴 절호의 기회가 아닐 수 없다. 일곱 살이 됐다고 손가락을 꼽으며 신나게 인사한 둘째 조카에게 미안하게도 아직 다섯 살이라는 소식을 전해야겠지만, 조카의 눈물은 그의 부모가 알아서 닦아줄 것이다. 나중에는 이 전설의 시간 여행을 결정한 어른들에게 감사하게 될 날이 올 게 틀림없다. 그러니 이제 제발, 전 세계인들처럼 태어나면 0살, 나이는 각자의 생일에 한 살씩 정직하게 먹는 것으로 하자. 불가능하다고? 그 오랜 '빠른년생'의 악습도 고쳐낸 우리다. 할 수 있다.

이 아이디어는 넷플릭스 오리지널 영화 〈위 아 40〉를 보면서 떠올리게 됐다. 연출과 각본, 주연까지 맡은 라다 블랭크는 영화에서 동명의 뉴욕 거주 극작가로 등장한다. 그는 영화 속에서 만나는 사람들 모두에게 끊임없이 '곧 마흔'이라는 말을 듣는데 그때마다 '아직 3개월이 남았다'고 정정해준다. 그렇다면 나는 언제 마흔 살이 될까? 한국식 계산으로는 이미 마흔이다. 하지만 라다 블랭크처럼 만 나이로 계산하면 아직 1년이 조금 넘는 시간이 남아 있다. 우리가 모두 만 나이가 된다면, 나는 만 서른아홉이 되기 전에 여러분이 지금 읽고 있는 이 책을 출간할 것이다. 이후 남은 1년 동안 30대에 해야 할 버킷 리스트를 처리하면 된다. 사실 그런 건 만든 적도 없는데, 시간을 번 기분이 되고 나니 버킷 리스트라도 만들어볼까 하는 생각이 든다.

이런 생각을 하는 이유는 마흔이 되어서다. 나도 잘 알고 있다. 마음의 준비를 한 적이 없는데 어느새 마흔이 되었고, 마음의 준비를 할 걸 그랬다는 생각이 든다. 얼마 전에 한 신문에서 연재 요청을 받았다. 거절했다. 20대와 30대의 시선으로 쓰는 칼럼 지면이었기 때문이다. '2030'이 제목 앞에 달린 글을 참 많이도 썼던 것 같다. 3년 전부터는 쓰지 않기로 했고, 실천에 옮기면서 쓸 수 없는 나이가 되었다. 나를 지칭하며 '젊은 여성으로서'라든가 '젊은 여성 작가로서'라든가 '젊은 세대로서'라고 쓰고 싶어질 때마다 '젊은'이라는 수식어를 떼어버리는 연습도 하고 있다. 마흔이 되어서 늙었다고 느낀다는 의미는 아니다. 하지만 적어도 '젊음', '청년', '청춘' 같은 단어와는 거리를 둘 때가 되었다고 느낀다. 막 서른이 됐을 때는 어리지는 않지만, 여전히 젊다고 느꼈다. 무엇이든 할 수 있는 나이라고 생각했고, 무엇이든 했다. 과연 마흔이 된 나는 무엇이든 할 수 있을까? '2030 세상보기'라는 제목의 칼럼을 더 이상 쓸 수 없는 것만은 확실하다.

마흔을 대비하는 마음의 준비가 필요하다든가, 마흔이 할 수 있는 일과 없는 일 같은 생각을 하게 된 건, 하필이면 40살을 표현하는 한자어가 '불혹(不惑)'이라서 그렇다. '세상일에 정신을 빼앗겨 갈팡질팡하거나 판단을 흐리는 일이 없게 되는 나이'라니. 이 단어를 만들어 낸 사람이 공자라서 벌어진 일이다. 나 같은 범인이라면 마흔 살은 미혹의 나이라고 했을 텐데. 비범 중에도 상비범한 인물이었던 공자의 말을 들었기 때문에, 세상일에 솔깃하는 게 특기인 나 같은 사람은 마흔 살씩이나 먹었는데도 철없는 사람으로 남게 된 것이 아닌가. 실수나 시행착오에 대한 그 어떤 변명도 통하지 않을 것만 같은 나이, 불혹. 그러니 원제를 직역하면 '마흔 살 버전The Forty-Year-Old Version'이라는 제목인 영화 〈위 아 40〉에 마음이 끌리는 건 당연한 일이었다. 아니, 실은 운명이었다. 시놉시스를 보는 순간부터 확신했다. "마흔 살엔 성공한 예술가가 되어 있을 줄 알았지, 한물간 극작가가 되어 있을 줄은 몰랐다. 그래서 다 포기해야 할까? 아니, 내 얘기를 랩으로 해보자. 할 말은 넘쳐나니까."

그렇지 않아도 하고 싶은 말이 있다면 작가가 아니라 래퍼가 돼야 했던 게 아닐까 하는 대화를 친구들과 나눴던 차였다. 성공한 작가가 되는 것과 성공한 래퍼가 되는 것 중 어느 쪽이 더 어려운 일인지는 알 수 없지만, 일단 책을 읽는 사람들보다 힙합을 듣는 사람들이 더 많을 게 틀림없다는 것이 공통된 의견이었다. 친구들은 '아직 늦지 않았어'를 외쳤지만 나는 현실적으로 판단하려고 한다. 불혹은 판단을 흐리는 일이 없게 되는 나이라고 하지 않는가. 작가로서 쓰는 글과 래퍼가 쓰는 가사는 같지 않다. 지난 연말 작사 학원에 등록하려다가 회당 10만 원이라는 강의료를 듣고 식겁해서 하는 말은 아니다. 작가가 쓰는 글도 장르마다 매체마다 다를진대, 글 쓰는 직업을 가졌다고 갑자기 가사를 쓰겠다 덤비는 것은 음악하는 분들에게 예의가 아니다. 말이 좀 빠르다고 해서 랩을 할 수 있는 것도 아니다. 나는 좀 빠른 건 아니고 많이 빠르긴 하지만, "말을 빨리한다고 랩이 되는 건 아니에요"라는 말은 힙합 서바이벌 오디션 심사평의 단골 멘트가 아닌가. 무엇보다 음악에 관해서라면 나에게는 감상자 이상의 깜냥이 없다. 따라서 농담처럼 '이 꿈은 기각'을 외치던 차, 라다 블랭크의 〈위 아 40〉가 내 눈앞에 나타난 것이다. 마흔 살엔 성공까지는 아니어도 적당히 먹고살 만한 작가는 되어 있을 줄 알았는데, 인세로는 먹고살기는커녕 전세 자금 대출 이자를 갚기도 요원한 작가가 될 줄은 몰랐던 내 앞에서 "포기하고 싶니?"라는 말을 건네며. 나도 마흔, 너도 마흔, 우리는 마흔. 가벼운 라임을 맞춘 산뜻한 랩이 들려온다. 이봐, 이나. 그래도 우리, 할 말은 넘쳐나자나.

뉴욕에 사는 극작가 라다 블랭크는 오늘도 출근한다. 목적지는 연극 수업 강의를 나가는 고등학교이고, 어제처럼 오늘도 지각이다. 주목해야 할 30세 이하 극작가 30인 중 한 명이었던 시절은 간데없고, 학생에게 "히트작도, 제대로 된 경력도 없는 작가"라는 뼈아픈 지적을 받으며 마흔 직전의 오늘을 살고 있다. 신작을 무대에 올리기 위해 애를 써보고는 있지만, 도무지 뜻대로 되지 않는다. 의기소침해 있는 와중에 한 백인 제작자가 면전에 대놓고 신작 희곡에 흑인 작가로서의 진정성이 보이지 않는다는 평가를 전한 날, 라다는 참지 못하고 남자의 목을 졸라버리고 만다. 되는 일이 없다 못해 자주 찾아오지 않는 기회조차 나서서 망쳐버린 지독한 하루의 늦은 밤, 거울 속 자기 얼굴을 보고 있던 라다는 즉흥적으로 써내려간 가사를 랩으로 뱉어낸다.

"왜 생리가 안 터져? 이거 또 시작이네. 배는 나오고 피는 끊기네."

생리 이야기는 성욕 문제로 갔다가 무릎의 신경통과 피부의 건조함에 대한 토로로 이어진다. 병원비 걱정으로 춤도 못 추는 지금의 나, 라다 블랭크. 이게 바로 불어난 체중을 감량하려고 다이어트 셰이크를 입에 달고 사는, 세 달 뒤 마흔이 되는 흑인 여성 작가 라다 블랭크의 인생인 것이다. 거울을 보며 "이게 진짜 마흔"을 외치던 그가 화면을 바라보고 관객과 눈이 마주치는 이 순간부터, 영화에는 힙합 비트가 경쾌하게, 때로 묵직하게 더해진다.

라다가 랩을 하려는 이유는 단순히 힙합에 꽂혀서도, 믹스 테이프를 만들고 싶었던 어릴 적 꿈 때문도 아니다. 그는 세상을 "40세 여성의 관점"으로 본 이야기를 사람들에게 들려주고 싶어 한다. 워크숍 무대가 아닌 제대로 된 공연을 하려면 백인이 원하는 흑인의 이야기를 써야 하는 딜레마에 빠진 라다에게는 진짜 '나의 이야기'를 할 수 있는 통로가 필요하다. 월세를 내야 하는 현실 때문에 다른 사람이 원하는 대로 희곡을 고치고 바꾸는 동안 쌓인 울분을, 진짜 하고 싶은 이야기를 쏟아내고 싶다. 랩으로 할 수 있는 일이고, 하고 싶다. 비트를 받으러 간 곳에서 얼떨결에 라다머스 프라임이라는 랩네임까지 지었다. 이 정도까지 왔으면 하지 않는 게 더 우스워진다. 그래서 라다 블랭크, 아니 라다머스 프라임은 랩을 한다. 가사를 쓴다. 흑인이고 여성이며 예술을 포기하고 싶지 않은 작가인 자신의 이야기, 그런 나의 눈으로 보는 세상에 대한 이야기, 그리고 1년 전 세상을 떠났지만 아직 애도를 끝내지 못해 보내주지 못한 엄마에 관한 이야기가 가사에 담긴다.

〈위 아 40〉는 인종과 나이, 친구, 애인, 동료로서의 관계, 그리고 무엇보다 이야기와 예술에 관해서 상당히 진지한 질문을 던지는 작품이다. 진지할 수밖에 없는 메시지는 무겁게 가라앉지 않고 절묘한 코미디의 박자를 타고 흐른다. 라다가 작품의 수정을 요구받으면서 괴로워할 때도, 라다머스 프라임으로서의 첫 무대에서 망신을 당할 때도, 짠한 마음이 드는 중에도 웃음이 터지는 순간이 계속해서 찾아온다. 선명하고 개성 있는 캐릭터와 독특한 편집, 재치 있는 대사 이상으로 빛나는 이 유머야말로 〈위 아 40〉를 특별하게 만드는 지점이며, 라다 블랭크가 세상을 바라보는 태도다. 인간의 삶은 그 어떤 장르도 아니지만 단 하나의 장르로 남아야만 한다면 코미디일 수밖에 없다고, 라다 블랭크는 말하고 있다. 동의한다.

현실의 작가 라다 블랭크는 방송과 영화, 연극 모든 분야에서 뛰어난 역량을 발휘하며 많은 작품을 쓰고 제작해왔다. 거장 흑인 감독인 스파이크 리의 데뷔작 〈당신보다 그것이 좋아She's Gotta Have It〉를 리메이크한 동명의 넷플릭스 시리즈의 작가이자 제작자로도 알려져 있다. 〈위 아 40〉는 그의 첫 장편 영화로, 선댄스 영화제에서 미국 경쟁 부분 감독상을 받자마자 빠르게 넷플릭스가 배급을 결정하면서 전 세계에 공개됐다. 실제로 어땠는지는 알 수 없지만, 느슨하게나마 자신의 경험을 바탕에 두고 있다는 영화 속 라다보다는 세상의 인정과 관심을 받으며 마흔을 맞이한 것처럼 보인다.

그렇다면 나의 마흔은 어떨까? 20대보다는 30대가 좋았다. 30대의 나는 20대의 나보다 건강했다. 더 다쳤지만 덜 아팠고, 더 단단해져서 덜 흔들릴 수 있었다. 할 수 있을지를 생각할 시간에 하게 되었다. 그러니 40대는 더 좋을 것이다. 그런 믿음과 기대 한편에, 이대로 괜찮을까 하는 불안이 숨어 있지 않다면 거짓말이다. 이 영화는 이런 불안에 '나도 그렇다'는 공감을 전해주면서도, 현실을 마냥 낙관하지는 않는다. 사랑하는 사람을 잃을 수도 있고, 내가 원하고 바라는 나의 근처에도 가지 못할 수 있다. 인생은 늘 생각보다 지독한 운명을 선물하기 마련이니, 마음을 단단히 먹어야 한다고 말해준다. 하지만 마흔쯤에 마땅히 이뤘어야 하는 건 없으니, 그 부분은 걱정하지 말라고 토닥인다. 마흔은 그저 나다운 내가 되어야 하는 나이일 뿐이다. 누군가 무엇이 되었다고 해서, 나까지 그렇게 되어야 할 필요는 없다. 그저 잃어버린 목소리가 있으면 찾을 때가 되었다고, 아니라고 생각하는 일에는 '여기까지'라고 말할 줄 아는 용기를 내야 하는 나이가 마흔이라고 라다 블랭크는 말한다. 무엇보다, 유머를 잊지 말라고. 라다는 나의 이야기가 아니게 되어버린 연극에서는 손을 뗀다. 괜한 어색함에 늘 감싸고 있던 두건도 벗어 던진다. 다이어트 셰이크 대신 늘 먹고 싶었던 감자칩을 먹으며 거리를 걷는 동안, 라다 블랭크는 진짜 마흔이 된다. 내 목소리로 나의 이야기를 하는 마흔. 이게 내 인생이라고.

이 영화에서 마음에 들지 않는 단 하나는 원제의 패러디와 뉘앙스를 살리지 못한 한국판 제목뿐이다. 나라면 한국적 패러디의 묘를 살려 '마흔, 잔치는 끝나지 않는다'라고 의역하겠다. 하지만 《서른, 잔치는 끝났다》의 패러디라는 사실을 아는 사람이 내 생각보다 적을 수 있으므로, 나만의 부제로만 삼으려고 한다. 이제 이 정도는 분간할 수 있게 되었다. 꼭 마흔이 되어서는 아니지만. 2021년 늦가을, 1982년생 친구들에게 불혹 잔치를 열어주었다. 잔치라고 하면 어쩐지 환갑이나 칠순 뒤에 붙여야 하는 단어 같지만, 마흔에 파티를 열어도 여기가 한국인 이상 그건 잔치다. 경주에서 신라 금관을 쓰고 카네이션을 달고 잔치를 만끽한 친구들이, 올

해에는 나에게 잔치를 열어주겠다고 했다. 봄이 찾아오기 전에 한국 사회가 전 국민이 만 나이로 돌아가는 데 합의하는 대승적 결단을 내리지 않는다면, 2022년 4월에 정식으로 마흔이 된다. 불혹 잔치에는 이 영화를 배경에 틀어둘 생각이다. 영화도, 라다의 랩도 흘러가게 둘 것이다. 친구들은 아직 모르지만, 잔치의 하이라이트는 내가 윤이나 버전의 '마흔 살 내 인생'을 랩으로 쏟아내는 순간이 될 것이다. 만으로 마흔 살이 되는 생일에 맞추어 준비 중이었는데, 이왕 이렇게 된 거 어쩔 수 없이 오늘부터 연습을 시작해야겠다. 자, 비트 주세요.

우리는 모두 비슷하게
평범한 존재이니까

〈스페셜Special〉

"우리 둘 다 모두 위대하고 멋진 삶을 살 자격이 있어요."

진행하고 있는 팟캐스트의 SNS 계정으로, 메시지가 하나 도착했다. 다큐멘터리 〈그레타 툰베리I Am Greta〉를 다룬 회차에서 툰베리의 장애에 관해 이야기를 하면서 사용한 표현을 조심스럽게 지적하는 내용이었다. 툰베리는 아스퍼거 증후군 장애를 가진 장애인이다. 흔히들 자폐증이라고 표현하는 증상의 범위는 생각보다 넓어서 최근에는 이를 범주(스펙트럼)로 정의한다. 아스퍼거 증후군은 자폐 범주성 장애 중 하나로, 사회 규범을 이해하고 받아들이는 방식, 타인과 상호작용하는 방식과 대인 관계에 대한 적응 능력이 일반적으로 요구되는 정도와 다른 특징을 가지고 있다. 이에 대해 언급하면서 '정신 질환을 앓고 있다', '병을 치료한다'와 같은 표현을 사용했던 것이다. 청취자는 최근 장애 인권 운동의 중요한 구호 중 하나가 '장애는 질병이 아니다'라는 것을 기억하고, 더 사려 깊은 표현을 해줄 것을 요청했다. 장애 극복과 치료의 서사를 자연스럽게 받아들이고 부주의한 표현을 사용한 것에 대해 반성하며, 다음 방송에서 바로 이를 정정했다.

얼마 지나지 않아, 넷플릭스 오리지널 시리즈 〈무브 투 헤븐: 나는 유품정리사입니다〉를 보았다. 주인공 중 한 명인 상구를 연기한 이제훈 배우가 매 회 차 대본을 읽으며 울었다는 인터뷰를 보고 각오했지만, 울지 않을 수 없었다. 아들을 산재로 떠나보내고 눈물조차 나오지 않아 가슴만 치는 부모를 보면서 울지 않기에는, 내가 눈물이 너무 많다. 하지만 중간에 이런 대사가 나와서 눈물이 쏙 들어가버리고 말았다. "그루는 모자란 게 아니라 특별한 거라고요!" 탕준상 배우가 연기한 한그루는 그레타 툰베리와 같은 아스퍼거 증후군을 지닌 장애인이다. 강박 장애가 도드라지는 한그루는 관심 분야가 한정되어 있고 공감 능력이 떨어지지만, 관심 분야에 대해서만큼은 천재적인 암기 능력과 집중력을 보여준다. 이런 인물의 특징을 '특별하다'고 표현한 것이다. 장애로 인해 발현되는 특징이 보편의 기준에서 재능에 가까운 것이라고 할지라도, 이를 특별하다고 말해도 될까? 장애를 혐오하거나 연민하는 태도와 장애를 특별함으로 여기는 태도는 얼마나 다른 것일까? 장애를 질병으로 여기고 비장애인 상태로 돌아가는 것을 이상으로 삼는 '장애 극복' 서사와, 장애를 특별하다고 말하면서 장애인이 비장애인이 가지지 못한 능력으로 문제를 해결하고 주인공이 되는 서사는 어떤 차이가 있을까? 오히려 공통점이 많지 않을까? 나는 이런 질문들을 안고, 보고 있던 드라마를 잠시 멈춰두고 다른 제목을 검색하기 시작했다. 제목은 〈스페셜〉이고, 역시 넷플릭스의 오리지널 시리즈다.

〈스페셜〉은 뇌성마비 장애인인 작가 라이언 오코넬의 회고록을 기반으로 다시 쓰인 작품이다. 라이언 오코넬은 〈스페셜〉의 원작자이자 프로듀서이고, 대본을 쓴 작가이며 동시에 주인공 라이언을 연기한 배우이기도 하다. 원작인 회고록의 제목은 《나는 특별해: 그리고 우리가 우리 자신에게 하는 또 다른 거짓말들I'm Special: And

Other Lies We Tell Ourselves》이다. 장애가 한 사람을 더욱 특별한 존재로 만든다는 의미의 대사를 들었을 때 떠올린 문장이 바로 이 회고록의 부제였다. "너는 특별해"라는 말은 있는 그대로의 칭찬일 때도 있지만, 대부분은 소수자를 향한 이해와 연민의 제스처를 '특별'이라는 단어 안에 감추어두고 건네진다. 물론 자기 자신을 위로하고 용기를 주는 "나는 특별해"로 다가온 순간이 있었을지도 모른다. 하지만 라이언 오코넬은 말한다. 그건 거짓말이라고. 〈스페셜〉은 장애인이며 게이인 한 남성이 최선을 다해서 평범해지려는, 절대 특별해지지 않으려는 이야기다.

2019년에 공개된 첫 시즌의 첫 에피소드는 씩씩하게 걷고 있던 라이언이 넘어지면서 시작된다. 걸음의 좌우 균형이 맞지 않는 라이언에게는 흔하게 있는 일이다. 그가 넘어졌다 일어나 다시 걸어가는 모습을 보고 있던 한 아이가 걱정스럽게 말한다. "걷는 게 이상한데 병원에 가보세요, 아저씨!" 라이언이 대답한다. "이건 뇌성마비라는 거야." 이 인상적인 오프닝은 선언한다. 지금부터 뇌성마비 장애인이 주인공인 이야기가 시작된다.

그는 자주 넘어질 테지만 계속 일어날 것이다.

이야기의 시작은 공교롭게도 라이언이 장애인이 아니라는 오해다. 라이언은 한 인터넷 언론사의 무급 인턴 기자가 되면서 처음으로 정식 사회생활을 시작하게 된다. 몇 가지 우연이 겹치면서 동료들은 라이언의 장애를 교통사고 후유증으로 오해한다. 설명하기 복잡하고 편견의 꼬리표가 붙기 쉬운 장애보다는 교통사고 후유증이 더 나으리라는 판단으로 거짓말을 선택하면서 라이언의 사회생활은 점차 복잡해져간다. 회사에서 만난 킴(푸남 파텔)과 친구가 된 뒤 혼자서 삶을 꾸려갈 수도 있겠다는 희망에 찬 라이언은, 평생 떨어져본 적 없는 엄마로부터의 독립까지 감행한다. 동성에게 성적인 끌림을 느끼는 라이언의 게이로서의 삶도 독립생활과 함께 펼쳐진다.

소수자로 살아가면서 여러 사람과 다양한 관계를 맺고, 직장에 적응하고, 새로운 일상을 살아가는 일은 쉽지 않다. 라이언은 쉴 새 없이 생각지도 않은 문제와 부딪친다. 드라마 속에서 벌어지는 소동과 사건들을 좌충우돌이라는 뻔한 사자성어로 표현한다면, 라이언에게

이 부딪침은 물리적인 것이기도 하다. 살아가면서 '넘어지고 부딪치는 순간'은 육체의 자유가 제한된 뇌성마비 장애인에게 은유일 수 없다.

표현하기 어렵고 미묘한 모든 일, 장애가 만드는 어색하고 불편한 시간마저 당사자의 코미디로 승화시킬 때, 〈스페셜〉은 독보적으로 훌륭한 작품이 된다. 장애 자체를 우스꽝스럽게 만든다는 의미가 아니다. 〈스페셜〉의 코미디는 상황을 통해 만들어진다. 비장애인에게는 평범한 상황이 라이언에게는 그렇지 않은 것을 비틀면서 소수자의 입장에서 장애와 성 지향성, 인종과 성별 사이의 권력 차를 꼬집는다. 라이언을 무능하다며 무시하던 동료들이 교통사고 후유증이라는 거짓말을 듣고 급작스럽게 위로와 이해의 제스처를 보일 때, 유색 인종에 플러스 사이즈인 킴이 '나의 몸을 긍정하게 해주었다'고 찬양하는 평균 체중 이하 백인 여성들을 볼 때 터져 나오는 웃음은 분명히 쓴웃음이다. 하지만 〈스페셜〉 특유의 독특한 리듬감과 상황에서 생겨나는 웃음도 생생히 살아 있다. 라이언 오코넬은 자폐 범주성 장애인이자 커밍아웃한 동성애자인 벅 앤드루스를 동일한 장애와 성 지향성을 가진 인물로 시즌 2에 캐스팅하는 것으로, 소수자 역할을 소수자가 연기하는 일이 얼마나 중요하고 의미 있는지도 확인시켜주었다. 이런 장점들을 통해 본다면 〈스페셜〉은 특별하기에 앞서 찾아보기 힘든, 희귀한 가치가 있는 작품이기도 하다.

두 번째 시즌에서는 회당 분량을 첫 시즌의 두 배인 30분으로 늘리면서, 라이언의 이야기와 더불어 라이언의 엄마 캐런(제시카 헥트), 그리고 직장 동료에서 베스트 프렌드가 되는 킴의 이야기까지 더 구체적으로 담아냈다. 특히 온 힘을 다해 홀로 키운 아들 라이언을 향해 "너는 특별해"를 주문처럼 외우던 캐런이 "너 때문에 내 인생이 조금 어려워졌을 수는 있지만, 너는 그보다 더 큰 즐거움을 줬어"라고 말하게 되기까지의 변화는 라이언의 성장 이상으로 뭉클하다. 누군가 이 작품을 보려고 한다면, 캐런이 중심이 되는 에피소드를 가장 먼저 추천하고 싶다.

하지만 〈스페셜〉을 가볍게 보기 좋은 작품이라고 말할 수는 없다. 그거야말로 거짓말이기 때문이다. 라이언 오코넬의 표현에 따르면 이 작품에는 "화면에 나온 적이 없는 육체"가 등장한다. 그들이 자신의 욕망과 욕구에 따라 움직인다. 이야기 속의 라이언은 호감 가는 유형의 주인공이 아니다. 라이언은 주변 사람에게 이기적인 모습을 자주 보여주고, 못된 행동을 하기도 한다. 장애가 나의 전부여서는 안 되고 전부가 아니라고 말하면서도, 가까운 사람 앞에서는 자기의 약한 부분부터 내세워 공격하고 또 방어한다. 하지만 인간은 원래 그런 존재다. 라이언 오코넬은 바로 그걸 이야기하고 싶었던 게 아닐까? 소수자가 "특별하고 사랑스럽고 호감이 가는" 존재로만 살아갈 수 없는 것은 당연하다. 인간이기 때문이다.

정상성이 수호되는 세계 속에서 비장애인과 장애인, 이성애자와 동성애자의 이분법으로 인물을 바라보면, 후자가 좋은 말로 했을 때 '특별한' 존재가 된다. 하지만 〈스페셜〉은 말한다. 어떤 일도 쉽게 풀리지 않는 복잡하고 어려운 세계를 살아가는 문제가 있는 인간이라는 점에서, 우리는 모두 비슷하게 평범한 존재라고. 내가 특별하다면 당신도 그만큼 특별하고, 내가 낯설고 불편하다면 그건 당신도 마찬가지니까 견뎌보라고.

첫 시즌은 라이언이 자신의 장애를 고백하고, 장애를 자신의 일부로 받아들이면서 마무리되지만, 두 번째 시즌에서 이별을 겪은 라이언은 이렇게 말한다. "나는 내 장애를 받아들이지만, 세계는 나를 처치 곤란으로 여기죠." 장애를 정체성으로 받아들이고 나 자신이 된 뒤에도, 나를 바라보는 세계의 시선은 변하지 않는다. 하지만 라이언은 자신에게 벌어지는 일들을 최선을 다해서 몸과 마음으로 겪어내며, 내 인생을 내가 사는 법을 배운다. 평범한 우리가 모두 그러하듯이. 사랑과 연애, 이별, 직업인으로서의 성취와 좌절, 관계의 변화와 상실, 그 모든 일을 겪고 나서 라이언이 엄마 캐런에게 건네는 이 말은 그래서 중요하다. "우리 둘 다 위대하고 멋진 삶을 살 권리가 있어요." 우리가 이런 권리를 가졌다면, 그건 우리가 특별해서가 아니다. 그저 우리가 계속 살아야 하는, 살면서 위대하고 멋진 것을 욕망하고 또 이루어도 되는 평범한 사람들이기 때문이다.

　라이언 오코넬은 〈스페셜〉을 총 세 개의 시즌으로 기획했다고 한다. 하지만 넷플릭스에서 다음 시즌 제작 취소를 통보하면서 두 번째 시즌이 피날레 시즌이 되었다. 마지막 에피소드 제목은 '이야기는 여기까지Here's Where the Story Ends'다. 캐런은 라이언과 평생을 살았던 동네의 작은 집을 떠나 다른 도시로 이사를 가고, 킴은 백인 남자들이 만든 스타트업 언론사의 '유색 인종 홍일점'으로 남기를 거부한 뒤 자신의 회사를 차린다. 라이언은 이렇게 말한다. "나는 이제 사람들에게 편한 존재가 되는 데 관심 없어요." 그리고 다시 걷는다. 이야기는 여기까지다. 이제 라이언의 삶은 화면에 보이지 않는 곳에서 이어질 것이다. 장애를 '극복'하고 대단한 성취를 이루어 인간 승리의 증거가 되지도 않고, 천재적인 재능을 보여주는 특별한 인물이 되지도 않고, 있는 듯 없는 듯 '우리' 곁에 있느라고 끝내 우리 안으로 들어오지도 못하는 편한 존재로 남지도 않으면서, 평범하고 고유한 라이언의 인생을 살 것이다. 계속해서 좌충우돌하고, 나 자신으로 살아가려고 애쓰고, 넘어지면 일어날 것이다. 사실이 아니지만 진실에 가까운, 이전에는 없었던, 끝난 뒤에도 어디선가 이어질 거라고 믿게 되는 이야기. 특별한 건 라이언도, 라이언의 장애도 아니다. 바로 이런 이야기다.

어김없이,
봄은 온다

〈올리브 키터리지 Olive Kitteridge〉

"난 이 세상을 이해할 수 없어요.

아직은 떠나기 싫네요."

계절을 계절답게 보내는 일이 얼마나 즐겁고 멋진 일인지를 깨달은 지는 얼마 되지 않았다. 겨울이 오면 주변 사람들이 걱정해줄 수준의 수족냉증이 있는 데다가 워낙 추운 집에서 자랐기 때문에, 겨울이라는 이름을 가진 사람에게 미안할 만큼 겨울을 싫어했다. 미세먼지가 기승을 부린 이후로는 봄도 별로 반갑지가 않았다. 가을은 맑은 2주 정도 잠깐 좋았다가 겨울이 올 것 같은 기미만 보이면 곧바로 싫어졌다. 좋아하는 계절은 초여름에서 여름까지. 가능하다면 한국 초여름 기온에 습도만 좀 떨어진 세상에서 1년을 보내는 것이 나의 오랜 소망이었다. 겨울에는 남반구에 머물고, 봄, 여름, 가을에는 때에 맞게 가장 아름다운 날씨를 찾아다니며 살고 싶었다.

세계를 옮겨 다니며 살아가는 일을 꿈꾸는 것조차도 불가능해지면서부터, 계절이 바뀌어가는 풍경을 유심히 지켜보게 됐다. 사람을 만날 수 없고 운동도 할 수 없었던 2020년에는 한강을 따라 자주 걸었다. 걷다 보면 계절이 보였다. 자연은 착실하게 계절에 따라 색을 바꾼다. 겨울 세상은 온통 회색인 줄로만 알았는데, 동지만 지나도 슬몃 채도 낮은 연두를 만날 수 있다. 초여름에 비가 내린 다음 날, 말끔하게 갠 세상으로 나가보면 거짓말처럼 짙어진 초록이 기다리고 있다. 4월에 이 동네에 자주 보이는 희고 작은 팝콘 뭉치 같은 꽃나무이름이 이팝나무라든가, 봄에 체육공원을 둘러싸는 노란 꽃의 이름이 금계국이라든가를 배운 것도 모두 지난 2년 사이의 일이다. 계절에 따라 색을 더하고 빼는 자연의 풍경을 보고, 절기에 따라 변하는 날씨를 본다. 해가 가장 긴 날과 짧은 날을 혼자 기념한다. 여름에 수영할 생각만 하지 말고, 봄에는 봄에만 할 수 있는 일을 하기로 했다. 가을에도, 겨울에도 그러려고 한다. 계절이 바뀔 때마다, 어김없이. '어김없이'라고 쓰면 언제나 〈올리브 키터리지〉 생각이 난다. 한강 변을 걷다가 운슬 때문에 멈추어 서거나, 노을이 지는 쪽을 향해 서쪽으로 방향을 틀 때, 새로 나는 연두색 잎을 보거나 꽃이 피어나기 시작할 때, 이 모든 것이 어쩌면 이렇게 매번 아름답고 이 아름다움에는 조금도 익숙해지지 않을까 생각이 들 때면 이 문장이 같이 떠오른다. 엘리자베스 스트라우트의 소설 《올리브 키터리지》에서 내가 자주 인용하는 문장이다.

"매일 아침 강변에서 오락가락하는 사이, 다시 봄이 왔다. 어리석고 어리석은 봄이, 조그만 새순을 싹틔우면서. 그리고 해를 거듭할수록 정말 견딜 수 없는 것은 그런 봄이 오면 기쁘다는 점이었다. 물리적인 세상의 아름다움에 언젠가는 면역이 생기리라고는 생각지 않았고, 사실이 그랬다."

'어김없이 봄이 왔다'. 나는 등장하지 않는 부사를 넣은 제목을 만들어 달고, 이 부분을 다시 읽는다. 남편 헨리를 잃은 올리브가 아침 산책을 한다. 조그만 새순을 보고 어느새 봄이 왔다는 걸, 몇 번째인지도 셀 수 없는 봄이 또 오고야 말았다는 걸 눈치챈다. 이 책을 처음 읽었을 때부터 사랑한 이 문장을 읽을 때마다, 잠시 멈추고 눈을 감고 상상했다. 몇 년 동안 올리브에게는 얼굴이 없었다. 이제 올리브에게는 얼굴이 있다. 배우 프랜시스 맥도먼드의 얼굴이다. 맑은가 하면 탁하게도 보이는 푸른 눈, 표정을 알아보기 쉽게 패인 깊은 주름. 웃는다면 기분 좋은 곡선이 생기겠지만, 올리브는 굳게 입을 다물고 있다. 봄이 찾아와 기쁜데도. 세상의 아름다움에는 면역이 생기지 않는다는 사실을 잘 알고 있는데도, 그 사실에 매번 놀라우면서도. 나처럼, 올리브도 눈을 감는다.

절대 드라마로 만들 수 없을 것 같은 이야기가 있다. 아무래도 드라마에 등장하기 어려울 것 같은 인물이 있다. 나에게는 《올리브 키터리지》와 주인공 올리브가 그랬다. 소설 속 표현을 통해 보자면, 올리브는 "짐승 같은" 사람이다. 까다롭고, 괴팍하고, 퉁명스럽고, 무뚝뚝하고, 신경질적이고, 지나치게 솔직한 중·노년의 여성. 다른 사람들을 불편하게 만드는 일을 개의치 않고 날카

롭게 자기 의견을 말하며, 감정 변화가 격렬한, 어디로
보아도 도저히 호감을 느끼기 어려운 이 사람을 누가
연기할 수 있을까?

소설을 읽은 프란시스 맥도먼드가 올리브를 연기할
수 있는 사람이 자신뿐이라는 걸 깨달아서 지구 반대편
의 내가 얼마나 다행인지 모른다. 소설을 읽자마자 직
접 판권을 산 프란시스 맥도먼드는, 자신이 올리브를
연기하기 위해 이 이야기를 가장 잘 담아낼 수 있는 여
성 작가와 여성 감독을 고용했고, 직접 프로듀서로 참
여해 작품을 제작했다. 그 결과물이 바로 2014년 HBO
에서 방영된 4부작 시리즈 〈올리브 키터리지〉다.

한국에서는 웨이브에 공개되어 있는 이 작품은 첫 장
면에서부터 올리브의 권총 자살 시도를 보여주면서 이
노년 여인의 삶이 순탄치 않았을 것임을 예고한 후, 과
거로 돌아간다. 드라마는 각 편의 중심인물이 다른 연
작소설 형식의 원작에서, 키터리지 부부를 중심으로 이
야기를 고른 후 연결되는 내용은 묶고 연대기 순으로
배치해 네 편의 에피소드로 만들었다. 여러 가지 위기
가 찾아드는 중년 시기로부터 노년이 되기까지, 올리브

와 남편 헨리의 삶은 다른 사람의 삶과 특별히 다를 것이 없다. 어떤 드라마에서는 어마어마한 사건으로 다루었을 외도의 감정은 속으로 삭여지고, 사고와 죽음 이후에도 남은 사람의 인생은 이어진다. 병원에 갔다가 우연히 납치범의 인질이 되는 경험 후에 올리브와 헨리의 부부로서의 관계는 완전히 달라지지만, 보이지 않는 방식으로 바뀐다.

인간의 삶에서 보이지 않는 방식으로 바뀌는 수많은 것들, 감정의 색깔과 관계의 이름, 마음의 거리, 각자 다르게 기억하는 추억과 영영 사라진 말들을 어떻게 영상에 담을 수 있을까. 평범한 사람의 평범한 인생, 그렇게 표현되는 삶 속에서 개인이 겪는 파도와 감정을 화면으로 옮기는 것이 가능할까. 보이지 않는 방식으로 바뀐 인간을, 어떻게 보여줄 수 있을까. 불가능할 것 같지만, 〈올리브 키터리지〉는 드라마로서, 소설과 똑같이 좋은 이야기가 하는 일을 해낸다. 원작자인 엘리자베스 스트라우트가 소설 《내 이름은 루시 바턴My Name Is Lucy Barton》에 등장하는 소설가 인물을 통해, 소설가가 하는 일이라고 정의했던 바로 그 일이다. "인간의 조건에 대해 알려주는 것, 우리는 누구이고 우리는 무슨 생각을 하고 우리는 어떤 행동을 하는지를 말해주는 것".

뇌졸중으로 쓰러진 뒤 요양원에 머물고 있는 남편 헨리의 곁에 올리브가 눕는 장면은, 이 드라마가 해낸 일을 가장 잘 보여주는 장면 중의 하나다. 자신에게 처한 비극을 듣지도 보지도 못하며 식물과 비슷한 상태로 누워 있는 남편을, 올리브는 바라본다. 아마도 살면서 거의 처음으로 드라마의 주인공 같은 심정이 되어 그에게 "이제 떠나도 돼"라는 말을 건넨다. 마지막 허락이 작별 인사가 된 밤이 지나고 당연하게 찾아온 아침, 올리브는 부스스한 머리로 깨어난다. 남편도 자신도 여전히 그대로이며, 오늘은 어제와 다르지 않고, 아무것도 변하지 않았다. "세상에, 내가 누구라고"라고 중얼거리며 올리브도, 이 부부를 보고 있는 우리도 깨닫는다. 삶은 영화도, 드라마도 아니다. '내가 당신 곁에 있으니 이제 떠나도 괜찮아'라고 말한다고 정말 상대가 그 순간 숨을 거두게 되는, 모든 타이밍이 정해진 기적처럼 찾아오는 그런 인생은 없다. 평범한 우리에게 인생은 그저 지리멸렬한 날들의 연속일 뿐이며, 삶이 시시때때로 내

놓는 문제는 절대로 호락호락하게 풀리지 않는다. 평범한 우리는 문제를, 고통을, 상처를 끌어안고서 어떤 일이 벌어질지 모르는 채로 그저 매일을 살 뿐이라는 생의 진실을 이 드라마가 보여줄 때, 올리브는 소설 속에서 걸어 나와서 살아 있는 사람이 된다. 세상에, 내가 누구라고. 나는 영화나 드라마의 주인공이 아니라, 그냥 오늘을 사는 사람인 것을.

어떤 이야기는 인간은 내일을 알지 못한 채로 그저 매일을 살아간다는 단순한 진실을, 기승전결 같은 건 없는 우리 모두의 인생을 담아낸다. 삶과 인간의 복잡함을, 와중에도 아름다운 세계를, 순간이 아닌 시간의 흐름을 보여준다. 이게 바로 〈올리브 키터리지〉가 소설로서뿐만 아니라 드라마로서도, 좋은 이야기를 가지고 해낸 일이다. 우리는 이 작품을 통해 원작 없이도 완전하고, 원작과 만날 때 더욱 넓은 세계가 펼쳐지는 특별하고도 귀한 경험을 할 수 있다.

자상한 남편 헨리를 연기한 리처드 젱킨스, 보호 본능을 일으키며 그의 마음을 흔들리게 하는 데니스를 연기한 조 카잔, 그리고 헨리가 죽은 뒤 올리브가 만나게 되는 노인 잭을 연기한 빌 머레이까지, 좋은 배우들의 정확한 연기는 이 드라마를 한 번 더 도약하게 만든다. 프란시스 맥도먼드가 그리는 올리브는 말할 것도 없다. 한국인 여성의 평균 키 정도일 그는, 키와 덩치가 크고 뼈대가 굵다고 묘사되는 올리브의 외양까지도 연기로 소화해낸다. 이런 연기는 마법이라고 불러야 하는 게 아닐까. 프란시스 맥도먼드의 올리브는 미워할 수 없는 여성이 아니라 누군가에게 미움받고, 누군가를 미워하는 여성이다. 살아 있기 때문에 생생하게 징그럽고, 참을 수 없고, 문득 사랑스럽다가도 지닌 사연과 기억이 얼굴에 그늘처럼 드리워지는 사람이다. 드라마를 계속 보게 만들고 누군가를 공감하게 하기 위해 만들어진 캐릭터가 아니라, 고단한 인생을 살아온 한 인간으로 그는 거기에 있다. 내게는 자연이 보여주는 아름다운 변화에 거듭 감탄하게 될 때마다 자연스레 떠오르는 이름으로. 올리브. 땅이 얼기 전에 튤립을 심어야 하는 사람.

《올리브 키터리지》와 같은 소설을 읽고, 또 이런 드라마를 볼 때 나는 계속 살고 싶다고 느낀다. 세상이 아무리 나빠진다고 해도 거기서 좋은 것을 기필코 발견하고 싶다. 어김없이 찾아오는 봄을, 빛이 모든 그림자와 만날 때 생겨나는 무늬를, 알아서 좋고 몰라서 새로운 음식의 맛과, 사랑하는 사람들이 웃고 우는 얼굴, 우리가 이 세상을 보게 하는 렌즈로서의 좋은 이야기, 그 모든 것들을 계속해서 느끼고 보고 경험하고 싶다.

높은 확률로 나빠질 세계도 보고 싶다. 그 세계에서 사람들이 어떻게 인간으로서의 존엄을 지키고, 인간답게 살아가기 위해 애쓰는지를 내 눈으로 확인하고 싶고, 나 또한 그렇게 살고 싶다. 그렇게 살아가는 동안 누구나 그럭저럭 살아낸다고, 뭐 그런 게 인생이라고 말하는 사람들을 만나면 속으로 올리브처럼 말할 것이다. '거기에도 여전히 파도는 있지'. 드라마나 영화의 주인공이 될 수 없다고 말하는 사람들의 인생에도 당연히 파도가 있다는 것을, 스쳐 지나가는 사람들이 각자의 파도를 타거나 헤엄치거나 아니면 물속에 잠겨 있을 수도 있다는 것을, 나는 잊지 않을 것이다. 인간이라면 그 누구나 어떤 일이 벌어질지 모르는 채로 지금을 산다. 삶은 오직 그런 방식으로만 계속된다. 계속된다는 말은 반복된다는 말과 달라서, 계속되는 동안에 찾아오는 봄은 매번 다른 봄이다. 그렇지만 아름답다는 점에서는 또 같고, 이런 아름다움에는 면역이 되지 않으므로 어김없이 감탄할 수 있다는 것을 이제는 안다.

죽음을 연습하는
방법

⟨딕 존슨이 죽었습니다 Dick Johnson Is Dead⟩

"사랑이 아름다운 것만 준다면 참 쉬웠을 것이다.

하지만 사랑하면 서로를 잃는 고통도 마주해야 한다.

상황이 나빠지면 우린 서로 꼭 껴안는다."

화장장 건물에 도착해서야 큰아버지의 영정 사진을 가까이에서 볼 수 있었다. 지난 이틀 동안 안개처럼 희미한 막을 만드는 향 연기와 조화에 둘러싸여 있던 사진이 화장 과정을 볼 수 있는 유리창 앞에 놓였다. 옆에 놓인 단지 모양의 유골함에는 생몰년월일이 나란히 적혀 있었다. 한 사람이 세상을 떠난 뒤 벌어지는 많은 일 중에, 미리 골라둔 유골함에 기일을 새기는 일도 있다는 생각 같은 건 해본 적이 없었다. 살아 있는 사람은 아무도 얻지 못한 날짜를 이름 옆에 두게 된 큰아버지는, 사진 속에서 웃고 있었다. 11년 전 외할머니가 돌아가셨을 때 처음으로 장례의 전 과정에 함께했다. 영정 사진을 꽤 일찍 찍어두셔서 아흔이 넘어서 돌아가셨는

데도 사진 속의 할머니는 정정해 보였다. 검은 머리도 남아 있는, 그 머리를 손질하러 미용실에 갈 때면 가끔 나에게 데려다 달라고 말했던 시절의 모습이었다. 영정 사진 속의 큰아버지도 마지막으로 뵈었던 3주 전보다는 훨씬 건강해 보였다. 영정 사진을 몇 년 전에 찍어두었냐는 나의 물음에, 사촌 오빠는 고개를 저었다.

"지난 5월에 찍었어. 그때는 등산도 가셨다, 야."

반 년이 흘렀다. 등산을 가고 웃으며 사진을 찍었던 큰아버지가, 아니 큰아버지의 육체가 하얀 뼛가루로 변해가고 있다.

2년 전 어느 날, 아빠가 말했다. "영정 사진을 찍어야겠어." 나는 정확하게 들었지만, 잘못 들었다고 믿고 싶었기 때문에 이 말이 아빠의 소원인 가족사진 촬영을 계속 미루고 있는 것에 대한 항의라고 내 마음대로 바꾸어 생각했다. 얼마 지나지 않아 부모님과 나, 그리고 결혼한 오빠의 가족까지 일곱 식구가 가족사진을 찍었다. 아빠는 이때다 싶었는지 온 가족 앞에서 다시 말했다. 아무래도 한 살이라도 젊을 때 영정 사진을 찍어야겠다. 일종의 선언이었다. '한 살이라도 젊을 때' 해야 하는 일에 여행, 새로운 운동이나 언어 배우기, 마음껏 놀기 말고 다른 무엇이 들어갈 수 있다고 생각해본 적이 없는 나는, 다시 한번 아빠의 말을 못 들은 척했다. 영정 사진이라는 단어는 죽음의 이미지와 떼어지지 않아서, 연상만으로도 불경한 일을 저지른 것만 같은 느낌이었다. 때때로 아빠가 "앞으로 내가 살면 얼마나 살겠냐"라고 말할 때면, 무슨 불길한 주문이라도 들은 것 같아 귀를 틀어막고 싶었다. 큰아버지의 세 아들은 언제부터 그런 말을 귀 기울여 듣게 되었을까. 어떤 마음으로 영정 사진을 찍어두자고 말했을까. 사진관에서 웃는 얼굴로 사진을 찍자고 한 사람은 누구였을까. 큰아버지였을까, 오빠들이었을까, 아니면 사진사였을까.

그리 머지않은 미래에 순리대로 닥쳐올 일이지만, 생각조차 하고 싶지 않은 일, 부모의 죽음. 넷플릭스 다큐멘터리 〈딕 존슨이 죽었습니다〉는 제목에서부터 그 일과 정면으로 마주 본다. 아버지 딕 존슨이 알츠하이머로 인한 치매 증상을 보이기 시작하자 다큐멘터리 감독인 딸 커스틴 존슨은 아버지를 시애틀에서 뉴욕으로 모셔와 돌보기로 한다. 앞서 어머니를 같은 병으로 잃은 바 있는 딸은, 이 과정을 다큐멘터리로 남길 필요성을 느낀다. 홈 비디오와 같은 성격의 이 기록에는, 작은 장치가 하나 더 있다. 아버지의 일상과 더불어, 아버지가 참여하는 영화를 찍는 과정을 함께 담아내기로 한 것이다.

딕 존슨의 기꺼운 동의를 얻어 촬영을 시작한 이 영화의 내용은 실로 얄궂다. 영화 속에서 딕 존슨은 여러 가지 방식으로 갑자기 죽고, 또 죽는다. 걷고 있는 그의 머리 위로 에어컨 실외기가 떨어지고, 계단에서 실족하고, 자동차에 치인다. 그가 반복해서 죽는 영화와 이 영화를 찍는 과정을 담은 메이킹 필름, 그리고 알츠하이머 치매가 찾아와 조금씩 죽어가고 있는 그의 일상이 겹쳐진 최종 결과물이 우리가 보고 있는 다큐멘터리 〈딕 존슨이 죽었습니다〉이다.

딸은 여전히 살아 있는 아버지의 죽음을 왜 영화로 만든 것일까? 이 실험이 의미하는 바는 과연 무엇일까? 커스틴 존슨은 죽음을 연습하기를 원한다. 인생에서 유일하게 연습이 불가능한 일일 죽음을, 인간의 고유한 능력인 상상을 통해 반복해서 체험하기를 원한다. 영화는 이 연습을 가능하게 하는 훌륭한 도구다. 딸은 아버지의 죽음이라는 최악의 상상을 끊임없이 반복하며 죽음을 연습한다. 여전히 살아 있으나 죽음을 반복하는 이 아이러니는, 이사를 하기에 앞서 생활의 터전이었던 시애틀에서 살아 있는 아버지의 장례식을 미리 치르는 장면에서 정점을 찍는다.

이 연습이 실제로 다가올 죽음을 감당하는 데 어떤 도움이 되었는지, 정말 도움이 되긴 하는지 우리는 알 수 없다. 하지만 죽음과 연결되어 있는 삶, 언젠가는 죽게 될 인간에 대해서는 배울 수 있다. 반복되는 죽음 속에서 더 생생하게 살아나는 존재는, 진중하면서도 유머가 넘치고, 따뜻하며, 딸을 사랑하는 아버지, 고유한 인간인 딕 존슨이다. 기억을 잃어가고 있다는 비극적인 현실 속에서도, 계속 사랑하며 살기를 원하는 사람. 그래서 〈딕 존슨이 죽었습니다〉에서 죽음 연습 이상으로 중요한 부분은, 이 사람이 사랑하는 사람들과 살아가는 일상이다. 딕 존슨의 손주들이 할아버지의 여든여섯 번째 생일을 기념해 그가 제일 좋아하는 초콜릿 퍼지 케이크를 만드는 장면도 그 일부다. 딕 존슨이 주방에서 벌어지고 있는 일을 구경하러 와 깜짝 선물을 들키자,

손자는 잠시 실망했다가 다시 씩씩하게 말한다. "할아버지는 어차피 잊어버리니까 괜찮아!" 순간 내 안의 한국인이 잠시 튀어나와 화면을 향해 '어디 어른에게 버릇없이!'라고 호통을 칠 뻔했지만, 온 가족이 해맑게 웃으며 케이크를 나누어 먹는 장면이 이어지자 손주가 할아버지의 아픔을 건드린 것이 아닌가 하는 나의 염려는 초콜릿처럼 녹아 사라졌다. 잊어버리기 때문에 좋은 일도 있다. 죽음의 반대편에도 그런 일이 있을 것이다. 이게 바로 아이들이 세상과 할아버지의 병을 받아들이는 방식이다. 그리고 이 작품이 예정된 상실과 죽음을 받아들이는 방식이기도 하다. 좋은 부분을 보면서, 가능하다면 더 많은 웃음으로.

그래서 이 작품의 장르는 비극의 드라마가 아닌 코미디다. 아내에 이어 알츠하이머 치매에 걸려 죽어가는 한 남자의 이야기는 오직 비극이기만 한가? 소중한 기억과 이름이 하나씩 지워지는 와중에도 언제나 따뜻하게 사랑의 마음을 전하고 유머를 잃지 않는 아버지와, 그를 잃어가는 고통과 맞서면서 흔들리는 카메라를 쥐고 있는 딸에게 물으면 절대 그렇지 않다고 대답할 것이다. 오히려 인생은 희극에 가깝다. 나는 삶과 죽음이라는 예술의 고유한 주제를 가진 이 작품이 코미디일 수밖에 없다는 것이 마음에 든다. 장난스럽지만 어떤 면에서는 지독해 보이기까지 하는 이 실험은, 결국 아버지를 영원히 살리는 일이라는 점에서 판타지라고도 볼 수 있다. 아버지를 끊임없이 죽여서 영원히 살리려는 딸의 고군분투가 담긴 코미디 판타지 다큐멘터리, 〈딕 존슨이 죽었습니다〉.

하지만 결국 다큐멘터리이기 때문에, 압도적인 현실의 슬픔 앞에서 코미디는 속절없이 눈물로 변해버리고, 부활의 판타지는 연기처럼 사라진다. 심지어 죽음 연습이라는 행위는 누군가에게 깊은 고통을 주기도 한다. 딕 존슨의 친구는 가짜 장례식에서 추도사를 읽은 뒤 슬픔에 잠겨 오열한다. 실제 상황에 앞서 마음의 준비를 하게 만들려는 시도는 실패로 돌아간다. 커스틴 존슨은 이런 상황을 예상했을까? 예상했든 하지 않았든 삶은 각본대로 흘러가지 않는다. 이 또한 다큐멘터리이기에 가능한 일이다. 딕 존슨은 딸에게 왜 돈이 되는 상업 영화 대신 다큐멘터리를 찍느냐고 묻는다. 딸은 대답한다. "만들어진 것보다 현실이 더 매력적이잖아요."
현실은 만들어진 것보다 더 매력적이고, 때로는 더 무섭다. 무엇보다 예측할 수 없다. 〈딕 존슨이 죽었습니다〉는 이 예측 불가능성, 현실의 모순과 복잡함을 보여줄 수 있는 순간에 카메라를 내리지 않음으로써, 다큐멘터리만이 할 수 있고 해야 하는 일을 해낸다.

〈딕 존슨이 죽었습니다〉 덕분에 죽음에 대해 말하는 일이야말로 죽음에 대한 막연한 두려움을 마주 보는 일이라는 걸 알게 됐다. 그 누구도 죽음과 맞설 수는 없지만, 더 나은 이별을 준비할 수는 있다. 우리가 결국 서로를 잃게 되리라는 자명한 현실이 존재한다고 해서, 그 순간이 두려워 오늘을 살지 않을 수는 없다. 사랑하면 서로를 잃는 것도 감당해야 한다는 말 속에는, 잃는 것이 두려워서 사랑하지 않을 수는 없다는 삶의 진실이 함께 담겨 있다. 반복된 죽음의 실험이 언젠가 실험이 아닌 날이 오더라도, 아빠와 딸이 가짜 장례식을 지켜보며 웃었던 기억은 사라지지 않는다. 기억 속에서만 사라지지 않는 것이 아니라, 영상으로 남아 있다. 어쩌면 이게 바로 이 영화가 다큐멘터리로서 훌륭하고 독특한 성취를 보여주는 동시에, 부모가 아이의 성장을 담는 홈 비디오와 같은 따뜻하고 순수한 사랑의 분위기를 품고 있는 이유이기도 할 것이다.

이 작품이 공개된 이후 얼마 지나지 않아 코로나 팬데믹이 시작됐다. 죽음에 관한 이 다큐멘터리의 질문이 지금이라는 시절과 만나자, 사회 곳곳에서 계속되고 있는 상실에 대처하는 방법에 대한 이야기로서도 의미를 갖게 되었다. 예기치 않은 일이 우리의 삶에 닥쳐올 때, 예정된 죽음이 우리를 기다릴 때, 우리는 어떤 이야기를 상상할 수 있을까. 언젠가 상실의 고통을 나눠 가질 사람들과 어떤 이야기를 나누어야 할까.

어떤 이야기를 나누어야 할까. 영정 사진을 사이에 두고 큰아버지의 큰아들, 나보다 열한 살이 많은 사촌 오빠와 마주 보고 앉아서 나도 그런 생각을 했다. 큰아버지의 세 아들 중 셋째 오빠가 가장 큰아버지를 많이 닮았다고 생각해왔는데, 코로나로 명절을 함께 보내지 못해 몇 년 만에 본 큰오빠의 얼굴에도 큰아버지가 있었다. 그러고 보니 오빠는 어느덧 내가 기억하기 시작한 순간부터 나를 '우리 딸'이라고 불렀던, 내 기억 속의 첫 큰아버지와 비슷한 나이였다.

"몰랐는데, 오빠가 큰아빠를 많이 닮았네."

오빠는 보일 듯 말 듯 고개를 끄덕였다. 딱히 대화를 이어가기 위한 말이 아니었으므로, 나도 그냥 앉아 있었다. 이 큰 건물의 어디보다 여기가 따뜻하다고 느끼면서. 세상을 떠난 사람의 육체를 태우는 불 때문인 것을 알면서도, 잘도 따뜻하다고 느끼는구나 생각했다. 영정 사진 속 큰아버지의 웃는 얼굴을 마지막으로 한 번 더 보고 자리에서 일어났다. 이렇게 웃었던 형을 잃은 칠순이 넘은 노인, 형의 몸이 화장에 들어가자 눈을 뜨지도 못하고 울던 내 아빠의 옆으로 가서 36.5도의 난로가 되어줄 생각이었다. 사실 내 체온은 대체로 그보다 낮은 편이지만, 없는 것보다는 나을 테니까. 일어선 내가 아닌 영정 사진 쪽을 바라보며, 갑자기 오빠가 말했다.

"자식이 부모를 닮는 거야 당연한 일이지."

혼잣말이 이어졌다.

"그렇네. 정말 그렇네."

이번에는 내가 대답 대신 고개를 끄덕였다. 닮았다

는 말의 의미가 무엇인지 한참 동안 생각하고서야 입을 뗀, 아버지를 잃은 아들의 얼굴을 한 번 보고, 다시 영정 사진을 보았다. 다시 봐도 닮았고, 당연한 일이었다.

이 도시에서 어떻게
나이 들어갈 수 있을까?

〈도시인처럼 Pretend It's a City〉

"잘하지 못하더라도 뭐든 할 수는 있어요.

정말 어설프고 끔찍하더라도 하는 게 잘못된 건 아니니까요.

하지만 혼자만 하세요. 남한테 보이지 말고요.

세상에 뭔가 보이려고 한다면 의무감이 있어야 한다고 생각해요.

적어도 남보다는 나은 것을 보여야 한다는 의무감이요."

"코로나 팬데믹이 끝나면 가고 싶은 여행지는 어디인가요?" 2021년 봄에 출간된 라면에 관한 에세이를 홍보하기 위해 출연한 팟캐스트에서 이 질문을 받았을 때, 내 앞의 대본에는 '스페인 바르셀로나, 호주 멜버른'이라고 적혀 있었다. 자연스러운 방송을 위해 미리 제공된 질문지에 있는 질문이었고, 성실하게 답도 달아놓았던 것이다. 하지만 입에서는 다른 도시가 튀어나왔다. "뉴욕에 가고 싶어요." LA는 출장에 붙인 여행으로 가본 적이 있지만, 뉴욕은 여행한 적이 없다. 긴 여행이 가능했던 시절에도 여행지 후보에 올랐던 적이 없다. 뉴욕을 배경으로 한 수많은 할리우드 영화와 미국 드라마에 대한 기억으로만 짜맞춰도 얼추 그 도시의 지도를 그릴 수 있을 것 같은데, 여행을 가고 싶다는 생각을 해 본 적은 한 번도 없었다. 지금까지는 누가 왜 뉴욕에 가지 않는지를 물으면 여행 시기가 뉴욕의 계절에 맞지 않는다든가, 물가가 너무 비싸기 때문에 지금 예산으로는 짧게 다녀올 수밖에 없으므로 나중에 가겠다든가, 지금 꼭 다른 도시(축구 때문에 대체로 바르셀로나)에 가야 할 이유가 있다든가 하는 핑계를 대왔다. 다 거짓말이었다. 나는 여행으로 뉴욕에 첫발을 딛고 싶지 않았다. 뉴욕에는, 살러 가고 싶었다.

뉴욕에서 글을 쓰며 살고 싶다는 이 터무니 없게 느껴지는 오랜 꿈이 〈섹스 앤 더 시티Sex and the City〉의 그늘 아래 있음을 부인하지는 않겠다. 내가 가진 거의 모든 욕망과 취향에는 읽고 보고 빠져들었던 수많은 콘텐츠가 얽혀 있으므로 어쩔 수 없는 일이다. 뉴욕에는 발한 번 들인 적 없지만, 글을 쓰고 그에 대한 보수인 고료로 생활을 꾸리며 살게 되자 내 꿈이 얼마나 터무니 없는 일인지는 가계부가 증명하게 되었다. 서울의 10평짜리 분리형 원룸을 전세로 얻어 근근이 이자를 내면서 살아가는 일도 이렇게 위태로운데, 뉴욕 한복판 아파트의 월세와 충격적인 물가를 도대체 무엇으로 감당한단 말인가? 여기까지 나는 비자라는 단어는 꺼내지도 않았다. 문제는 하나둘이 아니다. 그렇기에 여행을 갔다가는 그곳에 살 수 없다는 현실을 뼈저리게 느낄 것만 같아서, 비겁하게 환상 속의 도시로 숨겨둔 것이다.

이쯤에서 〈섹스 앤 더 시티〉의 주인공인 섹스 칼럼니스트 캐리 브래드쇼(사라 제시카 파커)의 고료에 대한 진실을 파헤쳐볼 필요가 있겠다. 캐리는 뉴욕 웨스트빌리지에 있는 아파트에 혼자 산다. 일주일에 단 한 편의 칼럼을 쓰면서. 서울에서도 일주일에 한 편으로는 월세, 혹은 이자 감당도 불가능한데 뉴욕이다. 도대체 고료가 얼마란 말인가? 이를 궁금해한 건 나만이 아니다. 언젠가 트위터에서 프리랜서 마감 노동자 동지들과 토론을 한 적도 있었다. 미국 신문사나 잡지사의 고료가 한국보다 높은 것은 분명한 사실로 드러났고 한국에서도 본받았으면 좋겠지만, 아무리 고료가 높다 해도 그 정도 수입으로는 마놀로 블라닉 구두 몇 켤레를 사는 것도 불가능하다는 사실이 밝혀졌다. 도무지 시원하게 궁금증이 해소되지는 않던 차에 넷플릭스 다큐멘터리 〈도시인처럼〉을 보다가 정답을 듣게 되었다. 어림잡아 50년 이상 뉴욕에 살고 있는 작가인 프랜 리보위츠는, 뉴욕의 생활비를 어떻게 감당하면서 살아가느냐는 질문에 시니컬한 웃음을 짓고는 이렇게 대답한다. "여기 생활비를 감당할 수 있는 사람은 없어요. 그런데도 8백만 명이 살고 있죠. 어떻게 아냐고요? 우리도 몰라요. 이유는 모르지만 어쨌든 살아요. 일단 오면, 먹고살 만큼은 벌면서 살게 되더라고요."

거장 마틴 스코세이지 감독이 연출한 〈도시인처럼〉은 어쨌든 뉴욕에서 살아가고 있는 1950년생 작가 프랜 리보위츠를 주인공으로 한 다큐멘터리다. 인물 다큐멘터리이지만 프랜 리보위츠가 어떤 사람인지, 어떻게 살아가고 있는지 알려주는 내용은 아니다. 그의 일상이나 삶의 풍경은 스쳐 지나갈 뿐, 중요한 장면이 되지도 못한다. 마틴 스코세이지는 프랜 리보위츠가 말하는 장면으로만 에피소드 일곱 편, 총 3시간 23분의 분량을 채운다. 뉴욕에 관해, 문화와 예술 그리고 대중교통에 관해, 돈, 건강, 노화, 그리고 책과 도서관에 관해 인터뷰와 강연을 통해 이야기하는 프랜 리보위츠가 이 다큐멘터리의 전부다. 한 사람이 다양한 주제에 대해 이야기하면서 도시와 그 도시의 미니어처 사이를 걷는 것만으로 다큐멘터리가 될 수 있다고? 될 수 있다. 그것도 단한 순간도 지루하지 않고, 종종 아름다운 장면을 만나게 되는 아주 재미있는 코미디 다큐멘터리가 된다.

이 다큐멘터리는 내가 넷플릭스에서 가장 좋아하는 카테고리인 스탠드업 코미디와 비슷한 매력을 가지고 있다. 스탠드업 코미디의 요건을 모두 갖추었다고 할 수는 없지만, 농담의 핵심인 펀치라인만은 횟수와 재미면에서 최상급에 견줄 수 있을 것 같다. 프랜 리보위츠가 학생이던 시절 학교에서 '최우수 재치상'을 받았다는 사실이 작품에서 잠시 언급되기도 하는데, 이 다큐멘터리를 한 편만 봐도 왜 그런 상을 받았는지 충분히 이해될 것이다. 하지만 오직 웃음만을 주는 것은 아니다. 프랜 리보위츠는 화두를 던지는 사람이다. 자신의 관점으로 세상을 보고, 현상을 분석하고 판단해 세상에 내어놓고, 이야기의 물꼬를 트는 사람. 그 사람이 노년의 레즈비언 여성이라는 게, 이 작품의 진짜 매력이다. 지혜와 관용을 가진 어른을 찾아 나서려는 언론과 방송의 꾸준한 노력의 반대편에서, 그는 소수자로서 사회에 대한 불평불만을 이야기하고, 건강이나 돈과 같은 시대정신을 거부한다. 정확히는 현대 사회에서 추앙받는 가치에 대한 자신의 비주류 의견을 말하는 일을 두려워하지 않는다. 자신이 느끼는 감정이 누군가에게 피해를 주지 않는 한 누리고, 세상사에 대한 의견을 정확하게 말하면서 사람들에게 웃음을 주고 여전히 존경과 사랑을 받는 70대 여성을 보는 즐거움은 짜릿하다.

노화와 세대에 대한 통찰은 특히 인상적이다. 프랜 리보위츠는 자기 나이에서 위아래로 10년 정도 차이 나는 동 세대를 제외한 다른 세대를 온전히 이해하고 공감하는 것이 불가능하다고 말한다. 본질적으로 다른 사람들이라는 주장이다. 리보위츠의 의견에 동의와 제청을 외친다. 나는 대부분의 세대 갈등이 이를 인정하지 않는데서 출발한다고 생각한다. 특히 앞선 세대가 다음 세대를 대할 때, 이미 지나온 나이이기에 다음 세대를 이해하고 알고 있다고 믿는 것이 문제다. 경험의 측면에서는 "내가 해봐서 아는데"라는 착각과 흡사하다. 자기 세대의 옛 경험으로 지금의 세상을 보는 방식을 강요하면서, 기성세대는 그렇게 '꼰대'가 된다. 하지만 프랜 리보위츠는 1950년에 태어났고, 휴대폰도 컴퓨터도 없이 살아가는 자신이 이해할 수 없는 세대와 세계가 있음을 쿨하게 인정한다. 자신이 모르는 것을 섣불리 판단하지 않는다. 아이패드를 능숙하게 다루는 세 살의 모습이 미래 세대의 모습일지를 묻는 질문에 그의 대답은 얼마나 산뜻한가. "더 나을 수도 있어요. 그건 우리가 몰라요. 그런 방식이 발전 가능성을 줄 수는 있죠, 아이패드 세상에서는요. 미래엔 아마 그럴 테니까요."

내게 〈도시인처럼〉은 고료에 대한 고민보다 훨씬 오래 간직 중인 한 질문에 대한 정답처럼도 다가왔다. 과연 나는 무사히 서울이라는 도시에서 할머니가 될 수 있을까? 비혼에, 수입이 불안정한 프리랜서 창작자이며, 돈과 셈에 밝지도 않고, 대중문화를 중심으로 한 온갖 사회 이슈에 말과 글을 얹으며 살아가고 있는 여성인 나는, 이 도시에서 어떻게 나이 들어갈 수 있을까? 지난 몇 년 사이 다양한 방식으로 살아가는 여러 노년 여성의 삶이 조명을 받았다. 나 또한 매일을 즐겁게 살며 도전을 두려워하지 않는 그들의 태도에서 많은 것을 배운다. 하지만 비혼 여성으로 창작 노동을 하고, 도시에 살고 있으며, 가능한 한 오래 지금 하는 일을 지속하며 나이 들기를 원하는 나를 그들의 삶에 비추어보기는 어려웠다.

꼿꼿한 자세로 어깨를 편 채 한눈팔지 않고 뉴욕의 거리를 걸으며 "돈 받고 글을 쓰기 전까지는 글을 쓰는 게 좋았어요. 그 이후로는 싫어졌죠"라고 말하곤 호탕하게 웃는 프랜 리보위츠를 향해 "저도요!"라고 외치면서 나는 알게 됐다. 내가 70대를 맞이하게 된다면 저런 모습이라면 좋겠다. 사는 곳도, 세대도, 작가로서의 명성도, 삶의 조건도 다르지만, 그와 같은 태도로 살 수 있다면 좋을 것 같다. 하고 싶은 말을 하고, 세상을 향한 불만을 늘어놓으면서도, 내가 선택한 운명과 삶을 어쨌든 감당해나가고, 나의 취향과 가치와 경험이 절대적이지 않음을 인정하면서 말이다.

내가 아무리 그의 매력에 푹 빠졌다 한들, 그의 의견에 전부 동의하는 것은 아니다. 리보위츠는 범죄를 저지른 예술가의 작업물을 예술로 향유하며 죄책감을 느낄 필요는 없다고 말한다. 맥락과 상황에 대한 조금 더 복잡한 설명이 필요하겠지만, 일단 나는 그렇게 생각하지 않는다. 예술 작품, 창작물은 세상에 공개된 순간 창작자에게서 떠나 어디론가 가지만, 작품을 만드는 과정에서 녹아든 창작자의 일부는 작품을 체로 거른다고 해도 완전히 빠져나올 수 없다. "스포츠가 중요해진 건 남자들이 그걸 좋아하기 때문"이라는 통찰도 예리하다. 여자들이 스포츠를 좋아했으면 지금처럼 중요하게 다뤄지지 않았으리라는 가정에는 동의한다. 하지만 나는 여성들이 다양한 운동의 경험을 어린 시절부터 차단당하기 때문에 스포츠를 좋아할 기회조차 얻지 못한 것이 더 중요한 문제라고 생각한다. 프랜 리보위츠와 이런 주제로 토론을 할 수 있다면 좋겠다. 물론 평소 대화상대가 마틴 스코세이지인 리보위츠와 내가 토론을 할 수 있다고 믿는 것 자체가 자의식 과잉이라는 것을 안다. 어쩔 수 없다. 나는 어느 상황에서나 '나!'를 외치는 밀레니얼 세대이고…… 내가 또 사회 이슈에 대한 칼럼을 썼던 버릇을 못 고치고 자연스럽게 세대론을 꺼냈나? 미안하게 됐다. 어느 상황에서나 '나!'를 외치는 건 나다.

무엇보다 그와 토론하고 대화하고 싶다는 마음 자체가 예술을 바라보는 리보위츠의 관점에 관한 열렬한 동의임을 분명히 밝히고 싶다. 리보위츠는 예술은 공감을 위한 거울이 아니라고 말한다. 예술은 다른 세상을 여는 문이다. 나와는 다른 존재, 세계를 보고 다가갈 수 있는 통로다. 나는 좋은 예술은 반드시 불편해야 한다고 생각한다. 공감한다고, 연결되었다고 느끼는 순간에도 딱 맞지 않게 튀어나온 곳이나 끊어진 곳을 발견해, 그 부분을 더듬으면서 무엇이 다른가를 고민하게 만들어야 한다. 문을 나갔다 들어오며 토론할 수 있어야 하고, 머물러본 적 없는 공간에서 이야기를 나눌 수 있어야 하고, 다른 사람의 신발을 신고 문밖을 걸어볼 수 있어야 한다. 이런 의미에서 본다면 마틴 스코세이지와 프랜 리보위츠가 만들어낸 〈도시인처럼〉 역시 예술의 역할을 다한다. 게다가 마틴 스코세이지와 비슷한 포인트에서 함께 웃는 또 다른 방청객이 되는 경험을 살면서 몇 번이나 할 수 있겠는가. 이 또한 이 시대를 살면서 이런 다큐멘터리를 보는 사람만 할 수 있는 특별한 예술적 경험이 아닐 수 없다.

이 다큐멘터리를 보면서 나를 떠올렸다는 사람이 몇 명 있었다. 그들이 주로 리보위츠가 집을 구하는 과정에서 프리랜서 작가의 불안정한 수입 때문에 대출을 제한받았다고 말하는 장면에서 나를 떠올렸음을 잘 알고 있다. 조금 슬퍼지지만 아무래도 좋다. 리보위츠에게 나를 겹쳐 보는 건, 어찌 됐든 칭찬이다. 프랜 리보위츠처럼, "언제나 재미를 추구"하고, 끊임없이 읽고, 생각하고, 그다음에 말하면서 살아가고 싶다. 그 외 다른 새로운 매력은 내가 알아서 찾아가겠다. 그가 70년 인생을 통해 알게 된 삶의 단면을 30년 앞서서 다큐멘터리를 통해 보게 되는 행운도, 이 세대만 누릴 수 있는 행운이다. 물론 안다고 크게 달라지는 것은 없겠지만. 지금 아는 걸 그때도 알았더라면 아마도 실수는 하지 않았으리라는 말 뒤로, 프랜 리보위츠는 이렇게 덧붙인다. "안타깝게도 실수는 계속됩니다." 그렇다. 내가 듣고 싶은 인생의 진리는 바로 이런 것이다.

언젠가 뉴욕에 갈 수 있을까. 팬데믹이 찾아오고 나서야 알았다. 무언가를 미뤄두는 일은 그만해야 한다. 그래서 진심을 말해버리고 만 것이다. 바이러스를 두려워하지 않으면서 마스크 없이 비행기를 탈 수 있는 날이 온다면, 뉴욕에 가고 싶다고. 지하철이 얼마나 더러운지, 겨울이 얼마나 추운지, 길거리에 갑자기 나타나는 쥐가 얼마나 큰지는 이미 잘 알고 있다. 실망할 수 있다는 것도 안다. 그런 건 아무래도 상관없다. 보고 실망하고, 불친절한 사람들로 가득한 거리를 걸으면서 "뉴욕 별거 아니었네"라고 말하고 싶을 뿐이다. 정말 싫고 그래서 사랑하는 서울에서 살아가는 법을 배울까 말까 하는 중인 내가 이런 상태로 뉴욕에 갔다가는 '일단 그래도 먹고살게 되지는 않을까' 하는 헛된 꿈을 품을까 걱정도 되지만, 어차피 나중 일이다. 뉴욕은 뉴욕이니까. 이제는 캐리 브래드 쇼와 폴 오스터의 뉴욕이 아닌 프랜 리보위츠의 뉴욕이다. 물론 〈프란시스 하Frances Ha〉와 〈결혼 이야기Marriage Story〉의 뉴욕이며, 〈어메이징 스파이더맨〉과 〈브루클린 나인-나인〉의 뉴욕이고, 《엄청나게 시끄럽고 믿을 수 없게 가까운Extremely Loud & Incredibly Close》의 뉴욕이며, 〈마이 뉴욕 다이어리My Salinger Year〉와 〈캐롤Carol〉의 뉴욕이기도 한데…… 우선 여기까지만 하겠다.

달까지
가자

〈익스플레인Explained〉

"은퇴 문제에 있어서 가장 해결하기 어렵고

가장 오래 외면됐던 사람들 문제를 해결한다면

모두의 노후가 보장될 것입니다."

'주식을 샀다'라는 문장으로 시작되는 글을 쓴 적이 있다. '내리막에 익숙한 밀레니얼을 위한 용기 고취 에세이'라는 부제가 붙어 있는 나의 두 번째 에세이집의 초고 중 한 챕터였다. 거의 단편 소설 한 편 분량이었지만 책에 실리지 못해 내 컴퓨터의 하드에만 남게 되었다. 글이 반려된 주된 이유는 책에서 말하고 있는 주제와 어울리지 않기 때문이었고, 부차적인 이유는 내가 주식을 단 2주만 샀기 때문이었다. '겨우 2주의 주식을 산 경험을 통해 주식 이야기를 하는 글이 독자를 설득할 수 있을 리 없다'를 빙빙 돌려 전달한 편집자의 완곡한 메모에, 그 글은 '킬'되었다. 문제의 주식을 산 이후로 2년이 넘는 시간이 흐르는 동안, 나는 내 명의의 주식이 있다는 사실조차 까맣게 잊은 채로 살았다. 몇 달 전, 우연히 기사에서 내가 산 주식의 회사 이름을 보고 나서야 주식의 존재가 떠올랐다. 얼마나 됐는지 찾아보고 싶어져서 정말 오랜만에 비밀번호마저 잊어버린 주식투자 앱을 열어보았다. 빨간 글자로 선명하게 적힌 숫자, 200%가 눈에 들어왔다. 솔직히 말하자면 숫자를 보고도 무슨 뜻인지는 몰랐다. 액수를 보고야 알았다. 내가 투자한 돈의 세 배를 벌었다는 의미였다.

팬데믹 이후부터 부쩍 주식을 하냐는 질문을 자주 들었다. 2주에 대해서는 완전히 까먹고 있었으므로 하지 않는다고 대답하면, 주식으로 큰돈을 번 사람들의 풍문을 들려주는 사람도 있고 거의 전 재산을 잃은 사람의 사연을 들려주는 사람도 있다. 어느 쪽 이야기를 해주는지에 따라서 그 사람이 어떤 사람인지 알 수 있다고 생각하는 건 오만이고 큰 의미도 없는 일이다. 내가 관심이 있는 부분은 투자, 재테크가 일상이 된 사회를 살아가는 개인이 얼마나 피곤해질지, 얼마나 자본 중심적으로 사고하게 될지, 관련 정보에 소외된 계층에게는 어떤 문제가 생겨날지에 관한 것이다.

팬데믹이 1년쯤 흐른 뒤부터는 주식 다음에 "코인은?"이라는 질문이 따라왔다. 물론 하지 않는다. 지금까지 내가 가장 꼼꼼히 읽어본 가상 화폐 관련 기사는, 코인 채굴이 환경에 얼마나 악영향을 미치는지 설명한 내용이었다. 장류진 작가의 소설 《달까지 가자》를 읽고 이더리움이 뭔지 알게 되었지만, 작가가 주인공들에게 설탕을 굴려 건넨 핫도그 같은 기적이 내 인생에 펼쳐지리라는 기대를 가지고 코인 구매를 시작하기에는, 그래프만 봐도 이미 늦은 것 같았다. 나는 주식도 하지 않고 가상 화폐도 사지 않고 착실히 적금만 붓는, 소수의 사람이 되어갔다. 나로서는 상당히 큰돈을 2년 가까이 묶어두었음에도 적금 만기가 도래하자 은행은 내게 십만 원이 조금 넘는 이자만을 내주었지만, 후회는 없다. 내게는 주식을 할 돈도, 시간도 없었기 때문이다. 나는 그나마 가진 돈이 안전하기를 바랐다.

만약 그 돈으로 주식을 샀다면 어땠을까? 단 2주라 해도 주식을 샀던 그때 이후로, 주식 시장이 어떻게 돌아가는지 알아보고 공부하려고 했다면 어땠을까? 하지만 사람들이 돈에 대해서, 자산을 증식하고 투자하는 방법에 대해서 더 많이 말하는 것을 보고 들을수록 내가 알고 싶은 것은 그게 아니라는 걸 깨달았다. 나는 돈과 자본주의에 대해서 알고 싶지만, 종목을 보고 투자를 하는 방법이나 무릎에서 샀다가 어깨에서 파는 법을 공부하고 싶지는 않았다. 내가 궁금한 것은 어떤 사회 구조를 만들어야 사람들 사이 자본의 격차가 줄어들고 좀 더 고른 방식으로 자원이 배분될 수 있을까 하는 것이다. 개인이 주식이나 부동산, 그 외 수많은 투자를 통해 자산을 증식하고 각자도생하는 방법 말고, 모든 사람이 결국 자본이 이기게 될 싸움에 뛰어들기보다는 자본이 편중되지 않게 하는 사회 복지 시스템을 만드는 방법이 궁금하다.

문제는 이런 걸 궁금해하면 책값만 나갈 뿐이기에 오히려 자산은 마이너스가 된다는 것이다. 그래서 팬데믹의 직격탄을 맞은 프리랜서 작가의 가벼운 통장을 지키기 위해, 이번 달에는 이왕 구독료를 낸 김에 넷플릭스의 〈익스플레인: 돈을 해설하다〉를 보는 것으로 돈 공부를 대신하기로 했다. 이왕 신문에 나가는 글을 쓰는 김에 경제면도 들추어보면 좋겠지만, 나는 2008년의 세계

금융 위기도 영화 〈빅쇼트The Big Short〉를 통해 배운 사람이다. 대중문화와 이야기로 세상을 보고 공부하는 게 가장 재미있는 걸 어떡하겠는가.

〈익스플레인〉은 미국의 언론 VOX가 만드는 다큐멘터리 시리즈로 그중 일부가 2018년부터 넷플릭스에 공개되고 있다. '세계를 해설하다'라는 부제를 단 첫 시리즈는 두 시즌 동안 에피소드별로 다양한 주제를 다뤘다. 그 이후로는 한 주제에 대해서 3~5편의 에피소드를 묶어서 공개하고 있다. 에피소드당 20분 내외의 길지 않은 분량으로 부담 없이 시청할 수 있지만, 주제는 그리 가볍지 않다. 지금까지의 주제는 투표, 뇌, 섹스, 그리고 코로나 바이러스였다.

〈익스플레인〉 시리즈의 가장 큰 장점은 기초적인 상식과 지식수준 안에서의 '설명'이기 때문에 이해가 쉽다는 것이다. 사실의 전달 면에서 객관성을 잃지 않으려고 노력하며, 다양한 인포그래픽과 게임 등을 응용한 일러스트의 효율적인 사용으로 직관적인 이해가 가능하다. 미국의 시리즈이니만큼 상황의 차이는 있겠지만, 〈익스플레인: 돈을 해설하다〉 정도 수준이면 적어도 자본주의라는 시스템에 대해서는 꽤 기초적인 공부가 된다.

'벼락부자 되는 법Get Rich Quick'이라는 첫 에피소드는 제목부터 흥미를 끈다. 물론 돈방석에 앉는 방법을 가르쳐줄 리는 없다. 역사상 얼마나 많은 사람이 실제로 벼락부자가 되는 방법이 있는 것처럼 사기를 쳐왔고 또 속아왔는지를 알려주는 내용이다. 현재도 사기 혐의로 미국에서 고소가 진행 중인 '원코인'이라는 가상화폐와 관련된 부분은 특히 흥미롭다. 화면을 보면서 스마트폰으로 '원코인'을 검색했더니, 최근 거의 흡사한 이름의 또 다른 신생 가상화폐가 채굴되고 있다는 사실을 알게 되어 두 배로 흥미로워졌다. 수많은 블로그에서 이 소식을 알리며 시작은 미약하였으나 끝은 창대하기를, 벼락처럼 돈이 쏟아질 날이 찾아오기를 고대하고 있었다. 실제의 삶, 지금 벌어지고 있는 일이 소재가 되고, 현재형의 의미를 가지는 것이 좋은 다큐멘터리의 덕목임을 확인하게 되는 순간이다.

개인적으로 가장 남 일처럼 여겨지지 않은 에피소드는 '학자금 대출Student Loans' 편이다. 구소련과의 우주전쟁 시기, 과학 분야의 발전을 위해 이공계로 진학하는 학생들에게 학비를 대출해준 것이 미국의 학자금 대출의 시작이라고 한다. 이로부터 채 백 년이 지나지 않은 현재, 학자금 대출은 필수가 되었다. 대학 졸업과 동시에 빚을 지고 사회로 나간 수많은 사람이 복리로 이자가 붙는 대출을 감당하지 못해 파산 직전의 상황에 처해 있다. 대학을 가야만 경제 활동이 가능한 경제 구조 안에 있는 한, 이 빚의 사슬을 끊는 일은 요원해 보인다. 빚을 짊어진 청년 세대는 지출이 기대소득을 넘어가는 세상에 살아가면서 미래를 상상하지 않고, 가정을 이루기를 포기한다. 어디서 들어본 이야기 같지 않은가? 한국 청년은 20년 전에 이미 '삼포 세대'였다. 연방 하원의원으로 일했던 오마르는 지금도 학자금 대출을 갚고 있다고 고백한다. 그를 포함해 이 문제를 자신의 문제로 느끼는 정치인들이 이 상황을 어떻게 바꿀수 있을지를 질문하며 에피소드가 마무리된다. 어떻게 바꿀 수 있을까? 질문으로 끝나는 이야기에는 힘이 있다. 역시 넷플릭스에서 볼 수 있는 〈하산 미나즈 쇼: 이런 앵글Patriot Act with Hasan Minhaj〉에도 학자금 대출 문제를 구체적으로 다룬 에피소드가 있으므로 이 문제에 관심이 있다면 연결해서 보아도 좋을 것이다. 영 신통하지 않은 넷플릭스의 알고리즘을 대신한 추천이다.

　마지막 에피소드가 100세 시대를 살아가는 우리 모두의 고민인 '은퇴Retirement'인 것은 자연스럽다. 오랜 시간 은퇴에 관해 연구해온 경제학자는 이렇게 말한다. "고소득자들에게도 다른 사람들처럼 소득에 대해 세금을 부과한다면 더 많은 돈이 정부로 들어가 가난 문제를 해결하고 혜택을 확대할 수 있을 겁니다. 은퇴 자금 저축 위기는 사실 다른 많은 문제보다 훨씬 해결하기 쉬워요." 돈에 대해서, 경제 구조에 대해서 나는 이런 부분이 알고 싶었다. 인간이 태어나 자라고, 또 살아가면서 필연적으로 겪어야 하는 일들을 감당할 만한 돈은 개인에게 어떤 방식으로 주어져야 하는가? 미국만이 아니라 한국 역시 은퇴 자금을 만들기 위해서는 개인이 공부해 주식과 펀드에 투자하고 위험을 감수해야 하는 사회가 됐다. 같은 상황을 두고 다큐멘터리 시리즈를 만들어야 한다고 생각해보자. 주식을 더 잘하는 방법을 알려주고, 주식으로 성공을 한 사례를 보여주는 프로그램을 만들 수도 있다. '익스플레인: 돈이 필요하다'처럼 사회의 문제를 어떻게 해결할 것인지를 물어보는 프로그램도 만들 수 있다. 나는 한국에서도 후자의 이야기가 더 많이 나와야 한다고 생각한다.

사기 사건이 가장 빈번하게 벌어지고 돈과 관련한 문제가 계속 발생하는 시기는 변화의 시기라고 한다. 이 다큐멘터리는 그 시기를 정확히 전쟁, 그리고 팬데믹의 시기라고 알려준다. 코로나19 바이러스라는 재앙이 전 세계에 머무르고 있는 지금이 변화의 시기인 것은 틀림없다. 수많은 사람들이 이 위기가 곧 돈을 벌 기회라고 말한다. 하지만 누군가 많은 돈을 벌 때, 누군가는 필연적으로 돈을 잃을 것이다. 돈이 지켜주곤 하는 소중한 것들 역시 잃을 것이다. 모두가 돈에 관심을 가지고 고민하는 시기에 굳이 다른 이야기를 하겠다는 것이 아니다. 돈에 관한 다른 이야기를 상상하고, 또 해볼 필요도 있다는 것이다. 변화가 기회라면, 지금이야말로 더 많은 사람을 위한 더 나은 세상을 만들 절호의 기회일 수 있기 때문이다.

여기까지의 주장이 책상에 앉아 글을 써서 돈을 버는 사람이 할 수 있는 무지하고 어리석을 정도로 순진

하며 이상적인 이야기로 들릴 수 있다는 것을 안다. 특히 여성의 노동 소득 증가, '동일 노동 동일 임금' 등의 이슈에 꾸준히 의견을 보태온 사람으로서, 이런 이야기를 할 때는 꼭 언급하고 넘어가야 하는 부분이 있다는 것도 잘 알고 있다. 대부분의 여성은 돈과 친화적이지 않은 분위기 속에서 성장하고, 사회에서도 여성이 돈에 관심을 갖는 것을 터부시하기 때문에 자본을 획득할 수 있는 기회를 박탈당한다. 그렇기 때문에 여성 개인이 자본 소득을 얻을 수 있는 가장 손쉬운 길인 주식 투자를 포함해서 재테크, 부동산이나 관련 이슈에 대해서 좀 더 관심을 가질 필요가 있다는 주장은 사실 별로 급진적인 것도 아니며, 많은 여성들에게 매우 중요한 문제다. 여성이 의식적으로라도 경제 상황과 돈에 적극적인 관심을 보여야 한다는 꾸준한 주장은 내게도 좋은 영향을 미쳤다. 많은 여성들의 충고에 따라 적금으로 돈을 묶어놓지 않았다면 프리랜서로서 전세 자금 대출을 받을 때 잔고 증명이 어려울 뻔했다. 감사하게 생각하고 있다. 그저 나는 자본 소득을 얻기 위한 개인의 투자만이, 이 위태로운 시기를 지나며 조금씩 계속 가난

해져갈 나를 지킬 수 있는 유일한 방법이 되어서는 안
된다는 이야기를 먼저 하고 싶을 뿐이다.

개인 투자의 위험성을 강조하고 싶은 것도 아니다. 개
인 투자가 늘어나는 이유에 대해서는 다큐멘터리를 안
봐도 알고 있다. 이 사회를 살아가고 있는 사람들 대부
분이 노동을 통해 소득의 재분배가 가능하다고 믿지 않
고, 실제로도 가능하지 않다. 고소득자는 자신의 부를
유지, 계승하기 위해 투자라는 이름의 자본 소득을 더
많이 획득하고자 애쓰고, 저소득자는 부를 획득할 수
있는 유일한 방법이 '일확천금'이기에 오직 그런 기회
만을 꿈꾸며 살아간다. 근로 소득만으로는 삶이 나아질
수 없고 오히려 나빠질 수 있다고 판단한 사람들이 자
본 소득으로 반전의 기회를 잡고자 하는 선택 중의 하
나가 주식이라고 이해하고 있다. 하지만 모두가 주식을
하는 사회라면 당연히 고소득자, 여유 자금이 많은 계
층이 유리한 것이 분명한 현실이다. 투자의 핵심은 실
패의 가능성을 열어두는 것이다. 투자도 일이기 때문
에 배우고 익숙해지는 데 시간이 필요하며, 당연히 돈
도 필요하다. 투자에 실패를 해서 손해를 보더라도 다

시 시도할 수 있어야 애초에 시작할 수 있다. 시행착오를 계산해두고 투자할 수 있는 쪽과 단 한 번의 실패도 허락되지 않는 쪽의 차이는 점점 벌어질 것이다. 실패의 가능성을 줄이는 방법을 배우는 일도 필요하지만, 더 많은 사람이 실패해도 괜찮은 사회를 만드는 게 앞서야 한다고 생각한다. 이런 이야기가 주식과 투자에 대한 정보나 소문들 이상으로 우리에게 들려오면 좋겠다. 그래서 내가 썼다.

됐고, 내 주식은 어떻게 되었느냐고? 어떻게 출금하는 것인지 알 수 없어서 내버려뒀다. 20주를 샀더라면, 200주를 샀더라면 하는 생각은 들지 않았다. 그때 나에게는 그만큼을 살 수 있는 여유 자금도 없었고, 있었다고 해도 사지 않았을 걸 알기 때문이다. 나는 미래의 나를 별로 믿지 않기 때문에, 목돈이 필요한 순간이 찾아오면 아쉬워할지도 모른다. 이렇게 긴 글을 써놓고도 또 모른다며 내가 주식을 사고, 가열차게 투자를 시작할 수도 있다. 그건 알 수도 없지만 중요한 일도 아니다. 나에게는 중요해질 수도 있겠지만, 알아서 하겠다. 더 중요하고 시급한 문제는 우리를 찾아온 이 변화의 시기에 더 나은 사회를 만들 수 있는 기회를 놓쳐서는 안 된다는 것이다. 이 기회를 놓치지 말자는 목소리가 더 커지기를 바라기 때문에, 볼륨으로는 어디 가서 절대 뒤지지 않는 내 목소리를 더한다.

'은퇴' 편 마지막 인터뷰이의 말을 옮겨둔다. "은퇴 문제에 있어서 가장 해결하기 어렵고 가장 오래 외면됐던 사람들 문제를 해결한다면 모두의 노후가 보장될 것입니다." 은퇴를 경제로 바꾼다면, 이렇게 이야기할 수도 있겠다. 경제 문제에 있어서 가장 해결하기 어렵고 가장 오래 외면되어 온 사람들, 곧 가장 가난한 사람들, 경제적으로 사회적으로 취약한 계층의 문제를 해결한다면 모두의 일상이 보장될 것이다. 모두에는 나도, 당신도, 우리 전부 들어가 있다. 방법은 분명히 있다.

내가 선택할 수 '있는'
세계

〈스케이터 걸 Skater Girl〉

"내일은 조금 나아질지 몰라요.

여자아이 몇 명에게 꿈을 좇을 용기를 심어줄 수도 있겠죠.

언젠가는 내 이야기도 해줄게요. 행운을 빌어요."

"어쩌다가 다쳤어요?" 상담 선생님의 표정에 어쩌면 그렇게 진심 어린 걱정이 스며들어 있는지, 뭔가 잘못한 것 같은 느낌이 들 정도였다. "스케이트보드 연습하고 있다고 말씀드렸었잖아요. 타다가 다쳤어요. 팔로 떨어져서요." 추석 연휴 마지막 날이었기 때문에 병원에 못 간 사이 팔꿈치가 얼마나 심하게 부풀어 올랐었는지, 멍의 색이 얼마나 다채로웠는지를 한참 설명하는 동안, 깁스를 보고 예상한 것보다는 괜찮아 보였는지 선생님의 표정에서 걱정이 조금씩 빠져나가는 것이 보였다. 예술인 복지의 일부로 지원받은 상담은 회기가 절반이 넘어가고 있었다. 처음에 숙제처럼 들고 간 문제에 "윤이나 선생님이 불편하지 않다면 그 문제를 꼭 풀어야 할 필요는 없어요"라는 대답을 들은 뒤 안심하고, 별표 체크를 해두었다. 나중에 풀 것이다. 그렇게 다음 장으로 넘어간 후, 나는 열심히 문제를 생각해내는 중이었다. 정리가 끝난 줄 알았던 사건이 다시 불려 나오고, 생각해본 적 없는 감정에 이름을 붙이다 보니 시간이 금방 지나갔다. 부상 때문에 쓰고 있는 책 작업에 어려움은 없는지 대화를 나누다가 선생님이 물었다. "팔을 다치고 나니 어떤 감정이 드나요? 화가 난다든가?" 화는 나지 않았다. 그냥 이런 일이 벌어졌으니 어쩔 수 없는 일이고, 다친 상태로 할 수 있는 일을 하다 보면 낫겠거니 하며 견디는 중이라고 대답했다. 질문이 모양을 바꿨다. "다른 사람보다 자주 다치는 편이라고 했잖아요. 그 점에 대해서는 어떤 생각이 드나요?"

스케이트보드를 배워보고 싶다는 생각을 처음 한 건, 서른도 훌쩍 넘었을 때의 일이다. 한 달이 넘는 유럽 여행을 하는 동안 많은 공원을 산책했다. 공원 어디에나 널찍한 공간이 있으면 스케이트보드를 타는 사람들이 있었다. 대부분 소년이라고 부르면 될 법한 나이와 외모의 무리였다. 길에서 스케이트보드를 타고 이동하는 사람도 적지 않았다. 호주에 처음 갔을 때도 스케이트보드를 실제 이동 수단으로 이용하는 사람들을 보며 신기해했는데, 유럽에서는 더 대단해 보였다. 맨발로 다니는 사람도 가끔 만날 수 있는 호주 브리즈번과는 전혀 다른 유럽의 돌바닥에서도 판자에 바퀴를 단 가장 단순한 구조의 탈것으로 어디론가 갈 수 있다는 게 놀라웠다.

여행에서 돌아온 뒤로 스케이트보드에 대해서는 까맣게 잊었다. 한국의 일상에서 스케이트보드를 타는 사람을 보기는 어려웠고, 보이지 않으니 잊기도 쉬웠다. 다시 스케이트보드를 떠올리게 된 건 2019년 여름의 일이다. 한 친구가 모임에서 스케이트보드를 배우고 와서는 그 작은 판자 위에 올라서서 발을 굴리며 나아가는 일이 얼마나 멋지고 즐거운지를 한참 이야기해주었다. 스케이트보드라는 단어만 들으면 쉽게 솔깃해지는 나와 그냥 일일 강습을 좋아하는 친구가 의기투합했다. '우리 나이에 넘어지면 뼈가 안 붙는다'며 말리는 소리를 뒤로하고, 최고 온도가 36도였던 8월의 어느 날, 스케이트보드 위에 올랐다. 운동 신경이 평균보다 부족한 편인데도 의외로 수월하게 배울 수 있었는데, 그건 바로 겁이 없어서였다. 안전한 착지가 얼마나 중요한지를 끊임없이 듣고 있던 그날엔 몇 달 뒤 팔꿈치 뼈에 금이 가게 되리라는 걸 전혀 몰랐지만, 몰랐기 때문에 밀고 나아갈 수 있었다. 보드 위에 서는 법과 주행하는 법을 배우고 나면 바로 혼자서 연습할 수 있다는 게 특히 마음에 들었다. 물론 연습을 위해서는 내 소유의 보드가 필요하다. 이후 몇 주를 고민하다가 보드를 샀다. 나만의 자전거도 가진 적이 없는 내가 소유하게 된, 첫 '바퀴 달린 탈것'이었다.

넷플릭스 영화 〈스케이터 걸〉도 처음으로 스케이트보드를 만난 인도 소녀의 이야기다. 널빤지에 바퀴를 달아 만든 조악한 나무 썰매에 동생 안쿠쉬(샤핀 파텔)를 태우고, 한 소녀가 흙먼지 가득한 길을 달린다. 인도 북부 라자스탄 지역의 한 작은 마을에 사는 이 소녀의 이름은 프레르나(레이철 산치타 굽타)다. '감동(感動)'이라는 뜻을 담은 이름처럼 마음을 움직이게 하는 순간들을 살아가고 있다면 오죽 좋으련만, 프레르나의 오늘은 집안에 갇혀 있다. 또래 친구들과 남동생이 다니고 있는 학교에도 가지 못하고 집안일을 한다. 사람들의 이목을 중시하는 아버지가 마지못해 학교를 다시 보내주었지만, 교복이 없어 손수 옷감을 염색해야 하는 처지다. 물한 병 가격이면 살 수 있는 교과서도 없다. 인도로 여행을 온 런던 출신의 제시카(에이미 마게라)가 우연히 프레르나와 동네 아이들을 만나게 되면서, 마을에는 없던 것이 생겨난다. 바로 스케이트보드다. 교복도, 교과서도, 마을을 벗어날 희망도 없던 프레르나가 처음으로 가고 싶은 방향으로 가게 해준, 바퀴가 달린 널빤지다.

인도 최초로 국제 대회에서 입상한 여성 레슬링 선수의 이야기를 다룬 영화 〈당갈Dangal〉과 마찬가지로, 〈스케이터 걸〉은 소녀가 스포츠를 통해 세상을 만나는 이야기다. 계급과 가부장제가 공고한 인도 사회에서 금기시된 영역에 발을 들인 여성이 어떻게 사회의 편견과 맞서게 되는지를 담아낸 부분에서 두 영화는 닮았다. 하지만 〈스케이터 걸〉은 스포츠를 묘사하는 방식에서 〈당갈〉, 그리고 다른 스포츠 영화들과는 조금 다른 길을 간다. 경쟁의 세계에서 이기고자 하는 마음의 가치를 말하고, 패배를 통해서 배우게 되는 태도를 보여주는 스포츠 영화의 기본 공식에서 벗어나, 〈스케이터 걸〉

은 스케이트를 타는 것 자체의 의미에 집중한다. 스포츠의 영역에 다다르기 이전이라면, 스케이트보드는 놀이에 가깝다. 프레르나와 동네 아이들 역시 스케이트보드를 타는 일을 놀이로 즐긴다. 재능이나 승패가 중요하지 않은, 놀이로서의 스케이트보드는 부모의 말을 거스른 적이 없는 소극적이고 말수 없는 소녀의 세계를 넓힌다. 집 안에서 밖으로. 걸어서 갈 수 있는 곳에서 바퀴가 데려다주는 곳으로.

평범의 범주를 넘어서는 능력, 재능이나 천재성을 인물이 성장하고 변화하게 되는 조건으로 걸지 않으면서, 이 작은 영화는 다른 방향으로 간다. '시골 마을에 남기 아까운 재능'을 가진 10대, 신동이나 천재라고 불리며 '더 큰물'에 가서 재능을 펼치기를 요구받는 주인공은 이 영화에 등장하지 않는다. 프레르나는 그저 스케이트보드를 타는 걸 좋아할 뿐이다. 프레르나에게 '나는 기분'을 느끼게 해준 것, 여자의 일을 가정이라는 울타리 안에 가둬놓는 세계 바깥에서 나로서 할 수 있는 일이 있다는 사실을 알려준 것, 나 자신으로 존재하는 방법을 찾게 해준 것이 바로 스케이트보드이기 때문이다.

하지만 내가 원하는 삶이 어떤 모양인지, 내 힘으로 가닿을 수 있는 세계의 끝이 어디인지 이제야 궁금해하기 시작한 주인공에게 세상이 그리 호락호락할 리 없다. 프레르나의 아버지는 딸의 비행을 금지하고 서둘러 결혼 일정을 잡는다. 스케이트보드와 프레르나를 모두 구해내야 하는 임무를 받은 제시카는 마을의 유지인 노년 여성에게 도움을 요청한다. 남자 권력자들은 이미 거절한 스케이트공원 건설 프로젝트를 지원하기로 결정하며, 그는 이렇게 말한다. "우리가 아니면 누가 이 여자애들에게 기회를 주나요?" '이 여자애들'과 같은 경험을 하며 살아왔을 여성이 그들에게 자신이 얻지 못한 기회를 주기로 할 때, 비로소 없던 길이 생긴다. 여기서의 기회란, 챔피언이 되는 것이나 세상에 나가 재능을 펼쳐 보이는 것 이전에 세상과 만나는 것 그 자체를 의미한다. 아침부터 밤까지 집안일을 하고, 몸이 약해도 아들을 낳을 때까지 출산을 해야 하는 곳인 가정에 갇히지 않고, 그게 무엇이든 내가 선택할 수 있는 세계에 살 기회다. 내가 살아온 과거를 미래 세대의 소녀들이 그대로 살아서는 안 된다는 문제의식이 사람의 마음을 움직이고, 공동체를 변화시켜가는 데 기여한다.

  주변 사람들의 도움과 포기하지 않는 의지로 대회에 나간 프레르나를 끝까지 두렵게 만든 스케이트보드 기술의 이름은 경사면의 보이지 않는 아래쪽으로 보드와 함께 뛰어드는 '드롭인Drop in'이다. 허공처럼 보이는 미지의 세계로 뛰어드는 일은 알지 못하기에 당연히 두렵다. 같은 동작을 시도하다 이미 한 번 부상을 당했기에 더욱더 무서울 것이다. 한 번도 해본 적 없는 드롭인을 어떻게 했는지 프레르나가 묻자, 동생 안쿠쉬는 이렇게 대답한다. "무서웠지. 그래도 했어." 무섭지만, 그래도 아버지의 세계를 박차고 나가 사람들 앞에 선 용감한 프레르나는 드롭인을 성공시킨다. 〈스케이터 걸〉은 프레르나에게 1등을 주는 대신 특별상을 준다. 그게 바로 이 영화의 태도다. 재능이나 승리는 중요하지 않다. 얼마나 용기를 냈는지, 얼마나 끈기 있게 계속 시도했는지가 더욱 중요하다. 무섭지만, 그래도 하는 것. 기회를 얻은 적 없는 사람들에게 두려움을 이겨낼 기회를 줄 때, 모든 것을 시도하고 선택할 자유를 줄 때, 내일이 달라진다는 것이다. 프레르나의 운명이 스케이트보드

인지 아닌지는 그 누구도 알 수 없다. 하지만 하나 확실한 게 있다면, 모두에게 자유는 운명이라는 사실이다.

내가 부상을 당하게 된 스케이트보드 기술의 이름은 '엔드오버End over'로, 한쪽 발에 축을 두고 다른 한쪽 발을 띄워 180도 돌려 방향을 완전히 바꾸는 기술이다. 왼쪽 발로 무게 중심을 옮긴 뒤 오른발과 보드를 띄웠는데, 힘을 주어 한 번에 돌지 못해서 주춤거리다가 넘어지고 말았다. 그때 알게 된 건, 서른이 넘은 사람은 스케이트보드를 타서는 안 된다는 사실이 아니었다. 아직 충분히 운동에 숙련되지 않은 사람에게 보호장비는 필수라는 게 내가 얻은 교훈이었다. 그리고 또 하나, 방향을 완전히 바꿀 때는 주춤거려서는 안 된다는 것도. 끝에서 완전히 돌아서고 나면, 지금까지와는 전혀 다른 풍경이 펼쳐지리라는 걸 믿으면서, 망설이지 않고 돌아서야 한다는 것.

상담 선생님에게는 이 모든 이야기를 하는 대신, 이렇게 대답했다. 다른 사람보다 더 자주 다치고, 잦은 부상이 일상을 깨뜨리는 건 사실이다. 그렇지만. "무언가를 배울 때는, 한 번쯤은 넘어져야 하는 것 같아요." 한

번에 돌아서지 못해서 넘어지고 나서야, 다치고 나서야 배우는 것이 있다. 계속 넘어져도, 잘 늘지 않아도, 아무래도 재능이 없는 것 같아도, 그래도 계속하기만 한다면 잘하게 되지는 않더라도 할 줄 아는 내가 된다는 것을, 나는 스케이트보드를 통해 배웠다. 내 대답을 들은 상담 선생님은 조용히 웃으며 덧붙였다. "다쳤어도 계속하겠네요."

아마도 그럴 것이다. 팬데믹 이후로는 거의 빛을 보지 못했지만, 나의 스케이트보드는 여전히 내 소유의 유일한 바퀴 달린 이동수단이다. 가끔 잊지 않기 위해 스케이트보드 타는 법을 머릿속에서 시뮬레이션한다. 스케이트보드의 앞쪽 나사 위에 오른발을 올린다. 오른 허벅지에 힘을 주고 왼발로 땅을 박차며 밀어낸다. 그러면 앞으로 나간다. 왼발도 보드 위에 올리고 균형을 잡으면 바람이 나를 밀어주는 주행이 시작된다. 몸의 무게 중심을 옮기며 방향을 바꾸다가, 풍경이 바뀌는 속도가 느려지면 다시 땅을 박차고 가속을 더한다. 몸이 10센티미터 정도 떠오른다. 프레르나가 느낀 '나는 기분'이 어떤 것인지, 나는 알고 있다. 해보지 않았더라면 모르는 채로 살았겠지만, 알게 된 이상은 잊을 수 없는 기분이다. 나는 듯이, 나아간다. 가고 싶은 대로, 가고 싶은 데로. 프레르나와 인도의 소녀들이, 세계의 모든 소녀가, 내가, 그렇게 계속 간다면 좋겠다.

끊임없이 중독된 삶,
나는 누구인가

〈필 굿 Feel Good〉

"너는 겨우 감당하고 있지만, 바로 그게 중요해.

네가 감당하고 있다는 거."

인터넷에서 검색만 하면 찾아볼 수 있는 성인 ADHD 간이 테스트의 체크 리스트에는 중독과 관련된 항목이 있다. '술, 담배, 게임, 쇼핑, 일, 음식 등에 깊이 빠져든다'라는 문장을 읽고, 처음에는 '전혀 그렇지 않다'에 체크하려고 했다. 가무는 즐기지만 음주는 거의 못하고, 담배도 피우지 않으며, 게임도 즐기지 않는 편이다. 조금 걸리는 건 쇼핑과 일이었다. 프리랜서 작가로서 들쑥날쑥한 수입을 쪼개어 생활을 유지해야 한다는 강박에 가계부를 충실히 써왔기 때문에 충동적인 쇼핑을 하거나 과소비를 하는 경우는 거의 없다. 다만 필요하거나 갖고 싶은 무언가가 있을 때 집요할 정도로 찾아보고, 오직 그것에 대해서만 생각하고 주변 사람들에게 말하는 버릇이 있다는 점이 마음에 걸렸다. 20대 때 한 친구를 오랜만에 만난 내가, 사고 싶은 작은 노트북의 사양에 대해 한 시간 동안 혼자 떠든 적이 있다고 한다. 5년쯤 시간이 흐른 뒤에 친구가 얘기해주기 전까지는 그런 일이 있었다는 걸 기억도 하지 못했다. 일 또한 문제처럼 느껴졌는데, 일에 절대적으로도 상대적으로도 많은 시간을 쏟는 건 사실이기 때문이다. 하지만 그건 일이 많아서이고, 내가 일에 집착한다거나 중독되어 있다고 느껴지지는 않았다. 고민 끝에 '가끔 그렇다'에 체크했다.

충동성이라든가 산만함, 부주의함, 거의 없거나 지나치게 과한 주의 집중력, 성급함과 같은 단어들 앞에서는 차마 '전혀'나 '가끔'이라는 부사를 선택할 수 없었지만, 중독은 나와 어울리는 단어가 아닌 것 같았다. 오히려 나는 잘 질리는 편이었다. 무언가에 빠져들 것 같으면 차라리 확 뛰어들었다가 쑥 빠져나왔다. 짧고 굵게 충분히 했다 싶으면 곧 재미가 없어졌고 바로 그만뒀다. ADHD 확진 판정을 받은 이후, 나의 이러한 행동 패턴에 대해서 친구에게 설명할 기회가 있었다. 마감 노동이라는 일의 특성과 마감 노동자 모드일 때의 내 성향상, 마감 기간의 피크라고 인식되는 시기에는 세 가지 동사의 상태로만 지낸다. 침대에서 자고, 소파에 앉아 밥 먹고, 책상에서 일한다. 언젠가부터 동사 사이의 틈새나 '일한다' 구간 중 집중력이 저하될 때, 특정 주제나 간단한 게임에 집착하는 패턴이 있음을 인식하게 됐다. 매번 같은 걸 하지는 않는다. 예를 들자면 이런 식이다. 일을 하다가 문득 한국 힙합의 역사가 궁금해진다. 하고 있는 일과는 그 어떤 관련도 없지만 알고 싶어서 참을 수 없다. 그때부터 관련된 기사, 글, 인터뷰, 영상을 집요하게 찾아본다. 마감이 끝나고 나면 힙합 음악은 듣지도 않는다. 그다음 마감 기간이 찾아오면 200편 정도 되는 웹툰을 모든 틈새마다 정주행한다. 그다음에는 우연히 광고를 보고 다운받은 단순한 게임에 몰두한다. 친구가 내 이야기를 멈추고 물었다.

"몰두한다는 게 어떤 거야?"

어떤 거냐면, 점을 연결해서 도형을 만들어 점수를 따는 게임을 하는데 이틀 동안 가장 많은 사각형을 만든 유저의 순위를 매기는 이벤트에서 세계 1위를 하는 것이다. 친구가 한숨을 한 번 쉬고 말했다.

"그게 중독이야."

겨우 그 정도가 중독이라고? 그렇다면 내가 스탠드업 코미디 쇼 대본을 쓰기 전에 넷플릭스에 있는 모든 여성 스탠드업 코미디언과 일부 남성 코미디언의 쇼를 본 것도 중독이겠네? 그것도 중독이다. 나는 자료 조사인 줄 알았다. 하지만 덕분에 스탠드업 코미디를 알고, 좋아하게 됐다. 후회는 없다. 그리고 이 글을 마저 읽는 사람은 나의 중독 덕분에 넷플릭스에서 가장 훌륭한 스탠드업 코미디 쇼 추천 리스트, 그것도 개개인의 장르 인식 수준을 고려한 사려 깊은 리스트를 얻게 될 것이다. 모두 짧지만 강렬한 방식으로 작동하는 나의 중독에 고마워하기를 바란다.

해나 개즈비의 〈나의 이야기Hannah Gadsby: Nanette〉는 이 작품을 보기 위해 넷플릭스를 구독해도 될 정도의 가치가 있는 쇼다. 코미디의 의미와 코미디언의 역할이라는 무거운 주제를 다루면서도 분명한 웃음을 주고 그보다 큰 감동과 충격을 선사하는 완벽한 구성의 코미디를, 〈나의 이야기〉 이후로 아직 만난 적이 없다. 넷플릭스 코미디 스페셜로 인생 역전을 이룬 사람으로는 세 손가락 안에 들어갈 앨리 웡의 쇼 세 편도 강력히 추천하다. 첫 두 편에 임신한 모습이 포스터에 들어가 있다고 헷갈리지 말고, 공개된 연도를 확인한 뒤 꼭 순서대로 보기를 바란다. 트레버 노아의 쇼를 보다 보면 깔깔 웃다가 남아프리카공화국의 인종 차별 역사까지 배울 수 있다. 하산 미나즈의 이야기에는 미국 이민 2세대의 삶이 녹아 있고, 애플이 신제품을 발표할 때처럼 만든 무대를 보는 재미도 있다. 일단 여기까지는 한 시간짜리 쇼다.

스탠드업 코미디라는 장르에 익숙하지 않은 사람이라면 다른 문화를 배경으로 해서 맥락에 대한 이해가 필요한 이야기를 한 시간 가까이 듣는, 정확히는 (자막을) 읽는 일이 쉽지 않을 수 있다. 웃음은 만국 공통의 언어라는 말이 무색하게도 코미디는 시간과 공간을 초월하기 가장 어려운 장르이기 때문에, 우선 15분이나 30분 분량의 쇼를 통해 스탠드업 코미디 자체에 익숙해지기를 추천한다. 〈세상 웃기는 코미디언들COMEDIANS of the World〉은 세계 각국의 코미디언들이 다양한 소재의 이야기를 풀어놓는 앤솔러지 쇼다. 이 중 인도의 여성 코미디언인 아디티 미탈의 쇼는 넷플릭스에서 볼 수 있는 가장 재미있는 30분 분량의 콘텐츠 중 하나라고 자신 있게 추천할 수 있다. 영국 편에서는 메이 마틴의 쇼가 가장 인상적이다. 영국을 주 무대로 활동하는 캐나다 출신의 메이 마틴은 30분 안에 풀어내기에는 지나치게 무거운 게 아닌가 싶은 주제인 중독을 소재로 삼아, 자신의 이야기를 전해준다.

〈필 굿〉을 보게 된 이유도 메이 마틴 때문이었다. 메이 마틴은 이 드라마 시리즈에 메이 마틴이라는 이름의 스탠드업 코미디언으로 등장한다. '자기 자신'으로 등장한다고 쓰면 될 걸 왜 이렇게 문장을 길게 쓰는지 이해가 되지 않을 수 있다. 정확히 해야 한다. 라이언 오코넬의 〈스페셜〉, 그리고 넷플릭스에서 볼 수 있는 가장 훌륭한 드라마 시리즈 중의 하나이며 내가 정말 좋아하는 이야기인 조시 토머스의 〈플리즈 라이크 미Please Like Me〉와 마찬가지로 메이 마틴도 자전적인 이야기를 바탕으로 대본을 쓴 작가이고, 같은 이름의 인물을 직접 연기한다. 하지만 이들이 '자기 자신'을 연기하는 것은 아니다. 내 이름을 붙였고 내 이야기와 내 정체성의 중요한 부분도 나눠 가지고 있지만, 만들어진 이야기 안에 있는 한 그 안의 '나'는 나 자신일 수 없다. 이 차이를 인식하는 것은 이들의 작품을 이해하는 데 매우 중요한 역할을 한다. 나는 이들의 작품에서 이야기와 세계를 만들고 싶은 욕망보다, 내가 사는 세계를 스스로 다시 창조해 그 안에 나를 두고 밖에서 바라보면서 내가 누구인지를 다시 알아가고 세상에 알려주고자 하는 욕망이 우선한다고 느낀다. 각자가 가진 소수자성을 내 이름을 한 주인공의 주요한 정체성이자 작품의 주제로 삼아, 그야말로 '특별한' 작품을 세상에 내보낸 뛰어난 창작자들에게 '나'는 이야기의 기본 재료다. 1980년대 중·후반생으로 밀레니얼 세대의 한중간에 있는 이들이 모두 작가인 동시에 배우인 점도 재미있다. 라이언 오코넬과 조시 토머스는 연출까지 했다. 영상 콘텐츠를 스스로 만들고 세상에 내보내는 일이 가능해진 첫 세대에서 탄생한 르네상스형 창작자라고 할 수 있을 텐데, 이들이 전부 자신의 이야기를 각색한 콘텐츠를 첫 작품으로 선택했다는 점은 분명히 이 세대와 이들의 이야기, 창작 방식에 관해 알려주는 바가 있을 것이다.

다시 〈필 굿〉의 이야기로 돌아가자. 주인공이 메이 마틴이라는 스탠드업 코미디언이기 때문에 중독을 소재로 삼은 메이 마틴의 30분짜리 쇼는 〈필 굿〉의 배경이자 예고편이면서 스포일러이다. 대상을 바꾸어가며 끊임없이 무언가에 중독된 삶을 살던 사람이 있다. 자기 자신을 여자나 남자로 정의하고 싶어 하지 않는 이 사람, 메이 마틴은 과연 누구이며 어떻게 살고 또 사랑할까? 〈필 굿〉은 더 많은 인물이 등장하는 더 긴 이야기와 복잡한 감정으로 이 질문에 대답한다.

메이는 영국의 작은 코미디 바에서 공연하는 스탠드업 코미디언이다. 여느 날과 마찬가지로 공연이 끝난 밤, 공연을 보러 왔던 조지(샬롯 리치)를 만난다. 둘은 곧바로 사랑에 빠져 연애를 시작하고, 메이가 조지의 집으로 들어가면서 동거를 하게 된다. 함께 살게 된 지 얼마 지나지 않아 메이가 마약 중독자였을 뿐만 아니라 마약 판매로 감옥을 다녀오는 등의 어두운 시절을 지나왔다는 사실을 조지가 알게 되면서, 두 사람의 연애는 조금씩 복잡하고 어려워져간다. 여기까지가 첫 시즌 첫 에피소드의 요약이다.

〈필 굿〉은 IMDb(Internet Movie Database. 영화, TV 시리즈, 예능 프로그램 등에 관한 정보를 제공하는 데이터베이스 사이트. 미국의 거대 기업 아마존이 소유주다)에 장르가 로맨틱 코미디라고 나와 있는 것과는 상관없이, 사랑에 빠지는 순간과 애정이 커지는 과정에는 크게 관심이 없다. 사랑에 '빠진다'라는 표현에서 알 수 있는 것처럼 시작은 순식간이다. 문제는 빠진 다음에 벌어진다. 사랑에 젖어버린 우리가 있다. 순식간에 빠졌으므로 우리는 서로를 잘 알지 못한다. 잘 안다고 생각한 상대와 사랑에 빠졌다고 해도 사랑이라는 물에 젖은 그는 모르는 사람일 확률이 높다. 이런 우리가 지금부터 같이 헤엄쳐서 어딘가로 갈 수 있을까? 혹시 우리의 수영 실력이 비슷하지 않으면 어떡하지? 나는, 또 상대는 서로가 어느 정도 깊이까지 빠지기를 원할까? 상대가 무릎까지 오는 물에서 가볍게 첨벙거리기만을 원할 때 나는 더 깊은 곳에서 힘껏 헤엄치고 싶다면 우리의 관계는 어떻게 될까? 무엇보다 우리, 구명조끼는 있나?

대충 발만 담갔다가 빠져나올 생각이라면 연애라는

관계는 계속 이어질 수 없다. 조지의 연인이 되기로 결심한 이상 메이는 둘의 관계를 더 건강하게 만들기 위해 노력해야 한다. 마약 중독 치료를 위한 정기적인 상담 모임에 참여하는 일이 기본적인 노력이다. 조지도 마찬가지다. 메이를 만나기 이전에 관계 맺던 사람들과 가족이 자신을 이성애자로 믿고 있다고 해서, 동성 연인의 존재를 계속 숨겨서는 안 된다. 이제 두 사람은 어떤 선택을 할까? 이 지점에서 〈필 굿〉은 이성애이든 동성애이든 퀴어 연애사든, 이전의 수많은 로맨틱 코미디가 갔던 길을 가지 않는다.

성 소수자인 주인공과 그와의 연애를 공개하기 두려워하는 주인공의 연인이 있을 때, 후자의 인물이 사회의 편견을 사랑의 힘으로 뛰어넘는 서사는 〈필 굿〉에 없다. 이 상황에서 더 초점이 맞춰지는 건 연애에도 중독되어 있는 메이의 상태이다. 〈필 굿〉은 그저 동성 간의 연애로 보이는 연인 관계의 문제를 다루기보다는, 그 안의 개인이 가진 구체적인 문제에 주목한다. 대부분의 사람이 그렇듯이 '나'는 문제가 많은 인물이다. 그래서 나는 누구이고 어떤 사람이며 내가 가진 문제는 무엇인가? 나의 문제는 나의 연애에, 관계에, 생활에 어떤 영향을 미치고 있나? 〈필 굿〉의 관심사는 여기에 있고, 코미디와 의미 역시 바로 이 지점에서 만들어진다.

그래서 〈필 굿〉에는 퀴어 로맨틱 코미디보다는 현재의 2030세대를 지칭하는 말인, 밀레니얼 로맨틱 코미디로서의 성격이 더 짙게 묻어난다. 나 자신에게 가장 관심이 많은 세대이며 나에 대해 이야기하는 것이 직업이기까지 한 인물이, 연애의 과정을 통해서 '나는 누구인가'라는 질문에 답하는 내용을 로맨틱 코미디의 외피를 쓴 드라마로 만든 작품이다.

메이의 중독 문제는 두 번째 시즌에 이르러 외상 후 스트레스 증후군(PTSD)으로 확장되고, 지금의 내가 겪는 문제의 원인으로 과거가 불려 나온다. 이 과정을 지나면서 메이는 자신을 젠더로 구분하지 않고, '나는 나'로 말하게 된다. 그리고 누군가와 연결이 되어 있는 한, 자신에 관해 말하는 일은 오직 자신에 관한 것만이 아니라는 것까지 깨닫게 된다. 그러고 나서야 중독이나 PTSD 그 자체가 아니라, 두 가지 정신적인 문제를 야기했던 사건과 그 일을 대했던 나를 마주 보게 된다. 이제야 메이는 무언가에 중독되지 않고, 문제에서 도망치지 않고 하루하루를 감당하는 방법을 배운 것이다.

다시 스탠드업 코미디 이야기로 돌아가 보자. 〈필 굿〉속 메이는 "모든 사람은 양성애적 기질을 가지고 있고, 성적 취향이란 건 유동적이고 역동적이라서 살면서 변할 수도 있다"라는 "최신 유행의(trendy)" 소재를 가지고 나 자신과 나의 연애에 관한 이야기를 코미디 무대에 올린다. 그리고 바로 이 이야기 때문에 조지와 한 차례 이별을 겪는다. 나의 이야기를 털어놓는 행위는 이해의 영역을 넓히는 것만큼이나 오해의 여지를 남기는 일이다. 그런 위험에도 불구하고 나의 이야기를 세상에 내보낼 때 실제의 나에게서 출발하는 일을 두려워하지 않는 태도를, 이 세대의 것이라고 말해도 될까. 그건 알수 없지만 적어도 픽션의 세계에서조차 끝내 '나의 이야기'를 하려는 인물들이 최신 유행의 이야기를, 보통 코미디라는 장르를 통해 하는 것은 분명해 보인다. 앞서 언급한 라이언 오코넬의 〈스페셜〉과 조시 토머스의 〈플리즈 라이크 미〉 역시 코어는 코미디였다. 그 이유는 코미디는 세상의 변화에 가장 빠르게 대처해야 하는 장르이고, 웃음의 유효 기간은 짧기 때문이다. 나는 이들이 모두 자신의 이야기를 밖에서 바라보는 재능으로 작품을 썼다고 앞서 언급했다. "인생은 가까이서 보면 비극이고, 멀리서 보면 희극"이라는 찰리 채플린의 말에 비추어본다면, 나를 이야기로 만들 수 있을 만큼 멀리서 볼 수 있는 사람만이 코미디를 잘 만들 수 있다고 말할 수도 있겠다.

〈필 굿〉은 스탠드업 코미디언이 이야기를 만드는 방식, 나의 이야기를 세상에 내보낼 수 있는 형태로 다시 쓰는 과정을 거쳐 픽션으로 만들어낸 성공적인 예시다. 물론 어떤 장면에서는 이렇게까지 나 자신의 이야기에만 초점을 맞출 수 있다는 것이 대단하게 느껴지기도 한다. 끊임없이 나 자신의 문제에 골몰하는 메이와 조지에게 바로 위 세대인 한 친구는 이렇게 지적한다. "두 사람과 함께 놀면 재미없어요. 오직 자신들만의 문제에 사로잡혀 있잖아요." 이건 일종의 자학개그라고 할 수 있다. 하지만 어떡하겠는가. 그게 최신 유행이고, 밀레니얼 세대가 이야기를 만드는 방식인 것을.

이제 2030세대조차 아니게 된 나이의 나지만, 밀레니얼 세대의 시작점 언저리에서 결국 '나의 이야기'를 여러 가지 방식으로 하는 일을 직업으로 삼고 있는 사람으로서, 이런 이야기에 매혹을 느끼지 않을 도리는 없다. 실패하고 실수하는 나를 인정하고, 과거가 미래를 가로막지 못하게 하려는 사람은, 변한다. 모든 변화가 성장이라고 말할 수는 없지만, 이 경우에는 분명한 성장이다.

이 글을 시작하기 위해서 성인 ADHD 간이 테스트를 오랜만에 다시 해봤다. 20점 이상이 나오면 ADHD 정식 검사를 하거나 진단을 받기 위해 전문의를 방문할 것을 권유하는 문장을 만나게 된다. ADHD 확진을 받기 전에는 41점이었는데, 왜인지 이번에는 47점이 나왔다. 설마 이전에는 은근히 나를 속여가며 체크했던 것일까. 그 결과가 41점이라면 조금 참담하다. 그게 아니라면 중독 문항에 '자주 그렇다'를 체크해서일 수도 있다. 하지만 아무래도 '동시에 여러 가지 일을 시작하지만 끝마치기 어렵다'를 비롯해서 너무 많은 문항에 '항상 그렇다'를 체크한 게 문제였던 것 같다. '항상'이라는 부사를 쓸 만큼 늘, 언제나 그렇다고 느껴지는 것은 사실 그리 많지 않다. 그래도 내가 진심으로 좋아한다고 말할 수 있는 몇 안 되는 드라마 중 하나인 〈플리즈 라이크 미〉를 〈필 굿〉과 함께 언급할 수 있었고, 언젠가 꼭 쓰고 싶던 이야기를 쓴 이 글만은 이렇게 마무리하려고 한다. 나도 메이 마틴처럼, 라이언 오코넬과 조시 토머스처럼, 갑자기 다시 등장하는 이름 해나 개즈비처럼 내 이야기를 좋은 이야기로, 내가 좋아할 수 있는 이야기로 쓰고 싶다. 항상 그렇다.

우리에게는
더 많은 목소리가
필요하다

〈위 아 레이디 파트 We Are Lady Parts〉

"두려움을 있는 그대로 느끼면서 해내면 돼.

밀고 나가는 거야."

친구들을 자매라고 부르는 것을 좋아한다. 친가 쪽으로만 열두 명의 오빠가 있고 언니도, 여동생도 없기 때문에 자매 관계에 대한 로망을 은연중에 친구들에게 표출하고 있는지도 모른다. 10대와 20대 시절에 일상의 중요한 부분을 차지했던 교회 문화의 영향도 없지 않을 것이다. 교회 안에서는 보통 직함이 없는 여성 성도를 '자매님'으로 지칭하는데, 그 안에서 자매님으로 불릴 때는 나를 멋대로 가족의 위치에 욱여넣지 말았으면 하는 반항적인 감정이 먼저 올라왔다. 지금은 누가 나를 그렇게 부른다고 해도 꽤 재치 있는 호칭이구나 느낄 정도로 거리를 둘 수 있게 되었다. 내가 누군가를 자매라고 부른다면, 혈연이나 가족주의와 연결된 의미나

종교적인 이유는 전혀 없다. 그보다는 친밀함이라는 감정, 우정이라는 가치가 연결된다.

그래서 나의 친구이자 동료인 황효진 작가와 함께 진행하는 팟캐스트 이름이 '시스터후드'가 된 건 아니다. 우선 이름을 정한 사람이 내가 아니라 친구다. 나와 친구가 하고자 하는 이야기를 담아내기에 딱 알맞은, 근사한 이름이라고 생각한다. '시스터후드'라는 단어는 '자매애'로 번역이 되는데, 이 또한 혈연으로 이어진 관계보다는 사회적인 의미에서 여성이 여성을 부르는 말로서의 '자매'와 그들 사이의 연결과 연대를 의미하는 단어이다. 벌써 3년 넘게 진행한 우리의 팟캐스트에서는 영화와 드라마, 예능, 다큐멘터리와 같은 영상 콘텐츠뿐만 아니라 책이나 웹툰 등 다양한 콘텐츠를 소개하고 비평한다. 작품을 선정하는 기준은 하나다. 여성이 만든 여성의 이야기일 것. 단순히 감독이나 작가가 여성이어야 한다는 의미는 아니다. 여성이 중요하게 등장하거나 여성을 이전과는 다른 시각으로 보여주려고 하는 작품 역시 '여성의 이야기'를 다루는 작품에 포함된다. 때로는 화제가 되고 인기를 얻는 작품 속에서 여성이 어떻게 그려지는지에 관해 이야기를 나누기도 한다.

뚜렷한 수익 구조가 없는 팟캐스트를 3년이나 이어올 수 있던 것은 기획부터 진행까지 모든 과정을 함께하고 있는 동료와 내가, 우리가 하는 일의 의미를 믿고 있기 때문이다. 특히 대중문화에 제대로 된 여성의 이야기가 더 많아질 때, 이야기를 통해 세상을 배우고 이해하고 만나는 모든 사람이 지금보다 더 넓은 세계를 만날 수 있고, 지금보다 더 나은 세상을 꿈꿀 수 있다는 믿음이 우리에게는 있다. 복잡한 세상을 살아가는 복잡한 인간으로서의 여성을 더 많은 이야기에서 만나는 것, 그리고 그 이야기를 스스로 써나가는 것이 나의 꿈이다.

〈위 아 레이디 파트〉는 그런 이야기를 찾는 과정에서 발견하게 된 영국의 드라마다. 웨이브에서 볼 수 있는 이 작품은, 회당 러닝 타임이 20분이 조금 넘고 6회로 마무리되는 짧은 이야기다. 여성 펑크 밴드가 등장한다. 당연히 이 소재만으로는 그 어떤 이야기도 만들 수 없으므로, 다른 요소가 추가된다. 만약에 무슬림 여성들만으로 이루어진 펑크 밴드가 있다면 어떨까? 세상은 이 밴드를 어떻게 볼까? 재미있을 것 같지만 그것만으로도 부족하다. 주인공은 밴드 멤버가 아닌, 재능이 있지만 트라우마로 인해 공연하지 못하는 인물이어야 한다. 이런 인물이라면 이제 이야기를 시작할 준비가 된 것 같다.

　그의 이름은 아미나 후세인(안자나 바산). "26살, 염소자리, 미생물학 박사 과정을 밟고 있죠"라는 아미나의 자기소개 뒤로, 그가 선을 보는 장면이 이어진다. 정확히 하자. 소개팅이나 일상적인 데이트가 아니라 선 자리다. 심지어 아미나와 상대 모두 부모님과 함께, 서로를 마주 보고 있다. 로맨스 가능성을 탐지하는 자리에 부모님이 함께 있다니, 그것도 첫 만남에! 분위기만으로는 이미 상견례로 느껴지지만, 이슬람 문화권에서는 충분히 가능한 일이다. 불편함 속에서도 아미나는 상대방(과 그 부모)에게 자신의 신앙심, 정숙함 등, 아미나가 믿고 있는 이슬람 여성으로서 갖추어야 할 필수 덕목을 어필하려고 노력한다. 하지만 눈치가 없는 아미나의 엄마가 지나치게 솔직한 태도로 대화에 끼어드는 바람에 선을 망치고 만다. 아미나는 절망한다. 아미나가 간절히 원하는 게 있다면 그건 단 하나, 바로 결혼이기 때문이다.

무슬림 여성 펑크 밴드를 소재로 한다고 할 때, 아미나는 예상되는 주인공이 아니다. 뚜렷한 개성도 없고, 어떤 면에서는 이슬람 신앙을 가진 무슬림 여성을 바라보는 편견 섞인 시각에서 크게 벗어나지 않는 인물이기 때문이다. 기타를 가르칠 수 있을 정도로 잘 치기는 하지만 "정숙하지 못한" 행동이므로 기타 레슨을 봉사 활동으로 포장하는 아미나와 펑크 밴드 사이에는 건널 수 없는 강이 흐르는 것처럼 보인다. 게다가 아미나는 어린 시절의 트라우마로 인한 심각한 수준의 무대 공포증까지 있다.

반면 신앙심이 깊다는 것을 제외하면 모든 점이 다른 밴드 '레이디 파트'의 멤버들은 모두 독특한 개성이 있는 인물들이다. 리더십과 자존심이 강하고 밴드를 그 누구보다 사랑하는 보컬, 기혼 유자녀 여성으로 다정한 성격이지만 과격한 페미니즘 만화를 그리는 베이시스트, 진한 화장을 하고 우버를 모는 레즈비언 드러머, 눈만 드러내는 이슬람 여성의 전통 의상인 니캅을 입고 있지만 그 누구보다 SNS를 잘 활용할 줄 아는 매니저가 있는 밴드 레이디 파트에서 아미나는 어떤 역할을 할 수 있을까? 그렇다. 성장을 할 수 있다.

늘 세상의 시선을 의식하며 '결혼해서 가정을 꾸리고 싶은 무슬림 여성'에 자신을 맞추려고 했던 아미나는, 레이디 파트를 만나서 조금씩 변해간다. 하고 싶었지만 할 수 없다고 생각했던 일, 할 수 있다고 생각조차 해보지 못한 일을 경험하고 아미나의 세계는 이전보다 커진다. 혼자 성장하는 이야기라면 이 드라마의 제목이 '우리we'라는 주어로 시작할 리 없다. 아미나를 발견하고 밴드 멤버로 영입하기 위해 온갖 사건을 벌이면서 리더 사이라(사라 카밀라 임페이)도 변한다. 사이라에게 레이디 파트는 세계의 전부였다. 최우선 순위였고, 살아가는 이유였다. 사이라가 아미나의 영입에 모든 것을 던진 이유는 레이디 파트가 아닌 자신은 의미가 없다고 생각했기 때문이다. 사람들과 관계 맺기에 서툴고, 레이디 파트의 음악을 통하지 않고서는 제대로 소통하지도 못했던 사이라는, 아미나가 밴드에 들어오고 오디션을 치르는 과정에서 벌어진 사건 사고를 통해 과거의 상처를 들춰볼 기회를 얻는다. 상처를 다시 보는 일이 기회인 이유는, 제대로 보지 않고서는 치료할 수 없기 때문이다. 완전히 곪아버리기 전에 상처를 발견한 사이라는, 소중한 이들을 대하는 자신의 서툰 태도와 부족한 면이 그들에게 상처로 남게 하지 않으려고 노력하면서 자신의 상처를 치료한다. 이 또한 성장이다. 아미나와 사이라 모두, 분명히 성장했다.

이 성장이 과거의 나를 버리거나, 내가 소중하게 생각한 가치를 완전히 바꿔버리는 방식의 변화가 아니라는 점이, 〈위 아 레이디 파트〉가 인물을 사려 깊게 바라보고 있다는 증거다. 아미나는 성장했지만, 아미나로서 성장했다. 아미나는 결혼을 하고 가정을 꾸리고 싶은 나, 믿고 있는 종교에서 중요하다고 말하는 가치를 따르고자 하는 나를 부정하지도 부끄러워하지도 않는다. 단지 오직 결혼만을 위해서 내가 사랑하지도 않는 사람을 만나는 일을 그만두기로 결정했을 뿐이다. 내 안에 뚜렷한 신념과 확신이 있는 한, 다른 사람의 시선을 두려워하면서 내가 어떤 사람으로 보이는지를 염려하지 않아도 괜찮다는 것을 배웠을 뿐이다. 아미나는 자기 자신인 채로 레이디 파트의 한 부분이 된다. 충돌하는 것처럼 보였던 아미나와 레이디 파트의 세계는 서로를 만나 더욱 넓어진다. 이들의 성장은 나 자신인 채로 더 나아지고 나아가기를 원하는 사람, 내 삶은 나의 것임을 믿고 나로서 살아가기로 결정한 여성의 성장이다.

하지만 다른 누구도 아닌 나 자신이 되는 일이 말처럼 쉬울 리 없다. 모든 선택이 종교에 인한 선택이었을 것이라고 오해받는 무슬림 여성이라면 어떨까? 그리고 그 종교를 바라보는 세상의 시선이 이미 편견에 가득 차 있다면? 레이디 파트의 매니저 몸타즈(루시 쇼트하우스)는 공연장을 구하러 다니다가 이런 말을 듣는다. "누가 그렇게 입으라고 강요하면 싫다고 해." 많은 사람이 무슬림 여성이 히잡, 니캅을 착용하는 이유가 종교와 남성의 강요 때문이라고 생각한다. 그런 경우가 있을 수도 있고, 많을 수도 있다. 하지만 어떤 여성은 분명한 자신의 의지로 히잡과 니캅의 착용을 선택한다. 몸타즈가 "신과 더 가까워지는 느낌"이라서 니캅을 쓰는 것처럼. 그러면 누군가는 그것조차도 종교 문화의 강요일 수 있다고 말할 것이다. 종교가 만든 규율과 문화 안에서 한 개인이 성장했을 때, 어디서부터 어디까지가 개인의 선택인지를 정확히 가려내는 일은 불가능하다. 하지만 여기서 이 점을 짚고 넘어갈 필요가 있다. 다른 종교의 신앙을 가진 남성의 행동이나 외양에 이와 같은 의심이 덧씌워진 적이 있는가?

무슬림 커뮤니티 안에서도 밖에서도 오해받고, 너무 쉽게 세상의 시선에 재단되며, 선택할 수 있는 한 명의 여성으로 인정받기 어려운 상황에 처한 무슬림 여성이, 무슬림 여성의 관점에서 하는 이야기로서 〈위 아 레이디 파트〉는 또 한 번 도약한다. 누구는 이렇게 손가락질한다. '신앙심이 있다면 도대체 어떻게 악마의 장르인 펑크락을!' 또 다른 누구는 이렇게 댓글을 단다. '감히 여자가 음악을?' 등 뒤에서는 이런 소리도 들려온다. '무슬림 여자가 목소리를 내다니, 신앙심이 없는 걸 거야.' 가장 가깝고 소중했던 사람조차도 이들을 무조건적으로 지지해주지 않는다. 레이디 파트는 그 존재만으로도 누군가에게는 '나쁜' 무슬림 여성일 수밖에 없다. 하지만 아미나는, 사이라는, 멤버들은 모두 알고 있다. 나는 신을 사랑하고, 음악을 사랑한다. 레이디 파트의 음악은 내가 하고 싶은 이야기, 내가 세상에 들려주고 싶은 이야기이고, 우리의 이야기는 진실하다. 두렵지만 있는 그대로 밀고 나갈 것이다. 우리에게는 서로가 있으니까. 세상의 편견을 완전히 벗어던질 수 없고, 수많은 사람들이 '나쁜' 무슬림 여성이라고 말하는 우리가 신과 인간에 대한 믿음을 계속 간직하면서도 어떻게 나 자신이 되어 살아가며 진실을 노래할까? 단순한 형식의 가벼운 코미디 속에서 레이디 파트가 던지는 질문은 이토록 묵직하다.

페미니스트 시인 뮤리얼 루카이저는 이렇게 썼다. "한 여성이 자신의 삶에 대해 진실을 털어놓는다면 어떻게 될까? 아마 세상은 터져버릴 것이다." 2016년 이후로 책에서, 기사에서, 강연장에서 자주 보고 또 들었던 이 문장과 만날 때마다, 세상이 언제 터질지 궁금해지곤 했다. 여성들을 좌절하고 절망하게 만드는 소식이 끊임없이 들릴 때마다, 여성으로서 겪는 고통에 '나도'라는 공감과 연대의 소리가 더해질 때마다, 이 정도면 충분한 것 같았고 제발 세상이 터지기를 바랐다. 이제는 안다. 세상은 이미, 아마도 오래전부터 곳곳에서 터져나가고 있었을 것이다. 침묵하기를 요구받으면서도, 자신이 아닌 다른 존재가 되어 살기를 강요당하면서도, 진실을 털어놓은 여성들은 수도 없이 많았을 것이다. 듣는 사람이 없었을 뿐이다. 들을 준비가 되어 있는 사람이 있어야, 진실을 털어놓을 수 있다. 사이라는 "들을 마음이 있는 사람들에게 진실을 이야기하는 밴드" 레이디 파트의 리더로서, 들을 준비가 되어 있는 사람들 앞에서 "혈연으로 이어진, 그렇지 않은 모든 자매들을 위해" '위 아 더 챔피언We Are The Champions'을 부른다. 이 곡의 클라이맥스에서, 아미나는 드디어 무대 위에 오른다. 두려움을 느끼면서도 그대로, 밀고 나간다. 말하고 싶고, 들려주고 싶기 때문에. 나의 연주를, 나의 목소리를, 나의 이야기를.

가장 최근에 '시스터후드'를 느낀 순간을 말하라고 한다면, 나는 이 장면을 꼽을 것이다. 나도 '우리'의 일부로서, 화면 속 여성들과 같은 마음으로 노래하는 챔피언이 되었던 순간. 내가 알지 못하는 세계에서 복잡한 개인으로서 자신만의 싸움을 하며, 그럼에도 나 자신이 되려는 여성의 이야기를 만난 순간이다. 팟캐스트

〈시스터후드〉의 소개는 '여성이 보는 여성의 이야기'로 시작되어 '우리에게는 더 많은 여성의 이야기가 필요합니다'라는 문장으로 마무리된다. 우리의 이야기는 아직도 부족하다. 세상은 더 터져나가야 한다. 그러니 사랑하는 나의 자매들, 부디 계속해서 이야기해주기를. 노래해주기를. 세상이 터져나가는 순간, 옆에 있는 자매의 손을 잡아주기를. 때로는 귀를 막아주기를. 눈을 가려주기를. 그러다가 서로의 목소리가 들려오면 다시 눈을 뜨고, 귀를 열고, 마음을 기울여주기를. 나도 그렇게 하겠다.

김성훈, "킹덤: 아신전", 〈넷플릭스〉, 2021(공개).

니다 맨주어, "위 아 레이디 파트(We Are Lady Parts)", 〈웨이브〉, 2021(공개).

넷플릭스, Vox, "익스플레인(Explained)", 〈넷플릭스〉, 2021(공개).

라다 블랭크, "위 아 40(The 40 Year Old Version)", 〈넷플릭스〉, 2020(공개).

라이언 오코넬, "스페셜(Special)", 〈넷플릭스〉, 2021(공개).

리사 촐로덴코, "올리브 키터리지(Olive Kitteridge)", 〈웨이브〉, 2021(공개).

린-마누엘 미란다, "틱, 틱… 붐!(Tick, Tick… Boom!)", 〈넷플릭스〉, 2021(공개).

레니 에이브러햄슨, "노멀 피플(Normal People)", 〈웨이브〉, 2020(공개).

마틴 스코세이지, "도시인처럼(Pretend It's A City)", 〈넷플릭스〉, 2020(공개).

만자리 마키자니, "스케이터 걸(Skater Girl)", 〈넷플릭스〉, 2021(공개).

몰리 스미스 메츨러, "조용한 희망(MAID)", 〈넷플릭스〉, 2021(공개).

미등록, "브루클린 나인-나인(Brooklyn Nine-Nine)", 〈넷플릭스〉, 2020(공개).

미카엘라 코얼, "아이 메이 디스트로이 유(I May Destroy You)", 〈웨이브〉, 2022(공개).

맷 샤크먼, "완다비전(WandaVision)", 〈디즈니플러스〉, 2021(공개).

아만다 피트, 애나 즐리아 와이먼, "더 체어(The Chair)", ⟨넷플릭스⟩, 2021(공개).

이경미, "보건교사 안은영", ⟨넷플릭스⟩, 2020(공개).

이노마타 류이치, "콩트가 시작된다(コントが始まる)", ⟨왓챠⟩, 2021(공개).

애너 보든, 라이언 플랙, "미세스 아메리카(Mrs. America)", ⟨왓챠⟩, 2020(공개).

앨리 팬큐, "필 굿(Feel Good)", ⟨넷플릭스⟩, 2021(공개).

에이미 폴러, "걸스 오브 막시(Moxie)", ⟨넷플릭스⟩, 2021(공개).

커스틴 존슨, "딕 존슨이 죽었습니다(Dick Johnson is Dead)", ⟨넷플릭스⟩, 2020(공개).

톰 바버, "비커밍 유(Becoming You)", ⟨애플TV플러스⟩, 2020(공개).

피터 호어, "잇츠 어 신(It's a Sin)", ⟨왓챠⟩, 2021(공개).

해리 브래드비어, "에놀라 홈즈(Enola Holmes)", ⟨넷플릭스⟩, 2020(공개).

해피 엔딩 이후에도 우리는 산다

© 윤이나 2022

초판 1쇄 인쇄 2022년 3월 18일
초판 1쇄 발행 2022년 3월 28일

지은이   윤이나
펴낸이   이상훈
편집인   김수영
본부장   정진항
문학팀   김다인 최해경 하상민
마케팅   김한성 조재성 박신영 조은별 김효진 임은비
사업지원   정혜진 엄세영

펴낸곳   (주)한겨레엔 www.hanibook.co.kr
주소   서울시 마포구 창전로 70(신수동) 화수목빌딩 5층
전화   02-6383-1602~3
팩스   02-6383-1610
대표메일   munhak@hanien.co.kr

ISBN 979-11-6040-778-5 03810